‘개구리다’는 우연히 만나게 될 모든 독자님들, 글을 쓰는 작가님들, 그리고 원래는 글을 쓰지 않지만 기꺼이 글쓰기를 시도해주실 작가님들, 그리고 함께 이야기를 나눌 동료들, 또 모든 종류의 협업을 제안해주실 창작자들을 기다립니다.

# 목차

# 불안이 내리면

# 개구리는 노래를 한다

2024.05.02.
눈 부신 햇살이 오해로 축복하는 목요일 오후 4시.
국민대학교 '민주 광장'

─────────────────

준호, 담혜, 시원은 단지 모여 앉아있다.

'모두가 편하게 말할 수 있는 광장을 만들어보자'는 시원에 말에 그저 가만 뭉쳐있는 것이다.

이 모든 것의 결과가 '계란에 바위 치기', '목표성이나 통일성이 흐릿한 아마추어리즘'이 될지라도, 셋은 항상 그래왔듯 개의치 않는다. 그저 우연히 아름다운, 그 새로운 창발을 기대하며 입을 연다.

준호    또 그 얼굴들이구면.

시원    우리 없으면 친구도 없잖아.

담혜    그니까요

준호    뭐래 나 친구 많아.

시원    그래요? 뭐. 암튼, 바쁜 사람들 굳이 모았으니 얼른 얘기 시작해보죠.

담혜    우리가 모인 이유?

준호    정확히는 책을 내려 모인 이유지.

담혜    사실은 별 이유는 없잖아.

시원    맞지. 그냥이야, 그냥.

**준호**  내가 항상 말했지. 그냥은 그냥이 아니라고. 그 그냥의 이유를 찾아야 한다고.

**시원**  고라니도 그냥 하는 거잖아.

**준호**  맞는데. 그 그냥을 좀 풀어서 이야기해보고 동인지 주제도 정하기로 한 거잖아, 오늘. 우리가 이걸 대충 시작한 건 아니잖아?

**시원**  그쵸. 그냥*은 맞는데 대충은 아님. 그리고 결국에는 수많은 그냥 중에 제일 하고 싶은 것, 의미 있다고 생각한 것으로 귀결된 거니까. 개인적으로는 뭔가를 지속해야 불안하지 않아서도 있고.

**준호**  그치 나도 그런 류의 그냥이지. 어차피 뭐든 할 건데. 그중에서 가장 의미 있는 거. 담혜 너도 그래서 바쁜 와중에 하겠다고 온 거 아냐?

**담혜**  그쵸... 이젠 쉬는 게 더 힘들어요.

**준호**  나도 그런 셈이지. 이제 졸업하고 인생의 기반이었던 무대섬(연극 학회)도 떠나고, 이제 어디 정착하기 전까지는 떠다니는 부표의 삶만 남았는데 어떻게 가만히 있겠냐. 이게 그냥이라면 그냥이지. 권태롭지 않기 위해서.

---

\*  '그냥'이라는 말은 '대책 없음'의 다른 말일 수도 있었겠으나, 후일 '개구리다' 사람들은 이렇게 말한다. '그냥'에 '공통 감각에 대한 믿음'이 첨가될 때, 그 '그냥'이란 것은 뭐든 될 수 있다고.

**시원**  우리가 가만히 있지 못하고 사부작대는 이유를 '그냥'이라고 말하고 있는 것 같긴 해. 그래야 설명이 편하니까. 복잡하게 안 들어가도 되고. 근데 나는 요즘 그런 것들이 불안에서 기인하지 않았나 싶어. 그리고 그건 어느 정도 동시대성을 갖고 있기도 하고. 각자마다 불안 열병의 강도는 다르지만 결국 어느 정도는 앓고 있을 수밖에 없으니까.

**준호**  나도 그렇게 생각함. 속된 말로 역대급 불안 사회라고 해도 무방하지 않나 싶어. 요즘 관련된 이야기도 많이 나오더만. 말 나온 김에 각자의 불안 한번 이야기해 볼까?

**담혜**  저는 그게 있어요. 동네에 있는 가게들 그대로 였으면 좋겠거든요. 약간 젠트리피케이션에 대한 공포? 근데 좀 더 크게 보면 사라지는 거에 대한 불안 같기도 해요. 그리고 이게 진짜인지, 가짜인지에 대한 고민이랑 내가 이 나라에서 결혼을 할 수 있을까? 이런 것들이요. 말하다 보니까 되게 많네.

**시원**  그치. 불안은 너무 거대한 화두라서. 너무 할 말이 많아져. 단순하게는 일단, 미래를 모르니까 당연히 불안한 것 같고. 고유한 걸 말하자면, 감각이 내 몸을 떠나는 느낌이 불안의 증상으로 나타난달까? 항상 말하는 '감각의 디아스포라'라든지, 아니면 '무감각의 고통'이라든지. 내 몸이 잘 안 느껴지는 그런 거. 이번에 나는 그 증상을 좀 규명해 볼 필요가 있겠어.

**준호**   다들 푹 젖어 사는구먼,

**시원**   당신도 말해야지.

**준호**   나? 아까 말했잖아.

**시원**   또 해.

**준호**   ... 그거지 둥둥 떠다니는 불안. 이제 대학교도 졸업하고 길도 딱 정해야 하는데. 뭔가 내가 느끼기엔 할 수 있는 게 너무 많아. 그래서 뭔가 선택하기가 너무 힘들어. 근데 그 선택이 늦어 질수록 뭔가 좀 뒤처지고 있는 것 같기도 하고. 그냥 딱 내 나이 때 애들이 할만 한거지. 지금 삶이 나름 행복한데 언제까지 유지될까 싶기도 하고. 평생 글 쓸 수 있나 싶기도 하고. 언제까지 떠다닐 수 있으려나.

**담혜**   형스러운 답변이네요.

**준호**   그게 뭔데.

**담혜**   있어요.

**준호**   맨날 안 알려줘...

**시원**   확실히 카톡으로 이야기하다 모여 이야기하니까 진도가 빨라. 어느정도 갈피 잡힌 것 같은데. 다들 불안에 관심이 있는 거 맞지?

**담·준**   Yes ~

**시원**　그럼 불안으로 주제 정해놓는 거에 대해 이의 있는 사람 없나?

**담·준**　Yes ~

**시원**　장난치지 마셔.

**준호**　진짜로 좋아서 그래. 사실 나는 이거 하고 싶었거든. 요즘 혼자 깨닫고 느낀 바가 많아서.

**시원**　크크. 알만 함.

**준호**　연애 때문 아니고..!

**담혜**　전 뭐든 좋아요.

**준호**　근데 불안 좋은데 좀 구체화를 해야 할 것 같음. 이게 거의 '사랑', '우정', '폭력'처럼 두 글자 한자어라서 엄청 다양하게 쓰이잖아. 최근에 읽은 알랭 드 보통의 〈불안〉도 두 가지도 나누더라고. 개인적 불안 사회적 불안 뭐 이렇게. 우리도 할 거면 어떤 느낌으로 갈지 정해야 할 것 같아. 꼭 개인 사회로 나누지 않더라도 많잖아.

**시원**　나도 동의하는 바야. 주제가 그냥 불안이라 하면 너무 넓어. 어떤 식으로 좁히는게 좋을까?

**준호**　그건 나도 아직 모르겠다.

**담혜**　근데 우리 어차피 계속 이야기하면서 그거 녹취할거지?

**시원**  맞아

**담혜**  그러면 오늘 딱 정하려 하지 말고 천천히 생각해봐도 좋을 것 같아. 나도 아직 확답을 못 내리겠어 내 불안이 뭔지. 그 추상적인 이미지와 감각과 기억만 남아 있으니까.

**준호**  맞는 말야. 좀 더 이야기해보면서 구체화하는 것도 좋을 것 같음.

**시원**  그러면 오늘 이야기는 일단 '불안을 주제로 가져간다'고 정리하면 할게?

**준호**  충분한 듯. 동시대성도 좋고 우리도 많이 느끼는 바가 있고... 그리고 그것에 대해 쓰고 싶은 사람들도 많을 것 같아.

**담혜**  동의합니다.

**시원**  좋다 땅땅.

**준호**  그러면 이제 제일 중요한 회의 해야 하는 거 아냐?

**시원**  뭐?

**준호**  저녁 뭐 먹을지 정해야지.

**담혜**  인정

**준호**  그게 인생에서 젤 중요해.

**시원**   잠깐. 근데 우리 아직 할 거 산처럼 쌓여있어. 이거 제목도 정해야 하고 컨셉도 정해야 하고 객원분들 어떻게 모실 지도 정해야 하고..

**준호**   진짜 싫다. 담혜야 제목부터 하나 깔쌈하게 지어봐.

**담혜**   음.. 어차피 예상독자 쓰고 취향 맞추겠다고 맞는 것도 아니고. '아무나 맞아라' 어때요?

**준호**   야 너 천재냐?

**시원**   오. 나쁘지 않아. 우리는 우리 식으로 고유하게 '그냥' 쓰고, 어떤 취향 맞는 독자에게 발견되길 바라는.. 너무 무책임한가?


완벽히 빛나는 오후.
햇살이 광장의 잔디로 떨어져 눈이 부시다.

시원, 담혜, 준호는 각자의 불안을 어쩌지 못해 몸부림치고 있고, 그 모든 몸부림의 발화를 기록하고 있는 녹음기가 하나 있다.

이 모든 것의 이유는 그냥. 그 뿐이지만.
이 기록을 읽고 있을 당신이 이토록 가벼운 불안의 활자를 기꺼이 믿어준다면 이 책의 시작이 되었던 '그냥'은 뭐든 될 수 있을 것이다.

그러니까, 불안이 내리면 개구리는 노래를 한다.

**번외 : 이들은 왜 「개구리다」가 되었나?**

**준호**    '아무나 맞아라' 2차 회의 시작해야지.

**시원**    진짜 '아무나 맞아라'로 가는 거야?

**준호**    더 좋은 거 있으면 갖고 오든가. 별거 없으면 바로 고고. 에세이 올린 순서대로 시작할까? 나부터네.

**시원**    근데 이번 에세이에 다들 개구리 비유가 하나씩 있던데. 뭐지? 배 터지는 개구리랑, 타서 죽는 개구리였나?

**담혜**    점점 뜨거워서 죽는 개구리.

**준호**    아 우리 제목 생각났다. 「개구리다」

**시원**    개구리, 개구리다. 나쁘지 않은데? 거기서 '개'는 다른 색으로 하는 거지. '개- 구리다'

**담혜**    그건 진짜 아니야.

**시원**    헹..

**준호**    진짜. 개 구리다. 무튼, 귀엽지 않아? '개구리다' 겸손해 보이잖아.

**담혜**    책 이름이 '개구리다'면 펴볼 것 같아요.

**준호**    책 이름이 '개구리다'야. 그리고 개구리처럼 표피처럼 책 겉면도 막 이렇게 만지면 약간 끈적해.

**시원**    되겠냐고.

# 과거-현재-미래

- 한쌍의 재앙

- '나' - 나 = 불안

- bed / paralysis / tuna

신준호

2024. 05. 11.
신발이 흠뻑 젖어 신경 쓰이는 토요일 오후 4시.
정릉의 '청년밥상문간 카페'

---

준호, 열성적으로 이야기하고 있는 담혜와 시원을 본다.
말은 참 가볍다는 생각, 동시에 이 순간을 붙잡아두는 녹음기에게 감사하다는 생각을 한다.

**시원**    지금 딴생각했죠.

**준호**    음... 아냐 다 듣고 있었어. 오늘 저녁 뭐 먹을지 고르고 있었잖아.

**시원**    진짜 혼나.

**담혜**    그 이야기 하고 있었어요. 다하니까 하는 거. 토익, 자격증, 연애... 그런 거 있잖아요.

**준호**    다들 불안해서 그러는 거지. 남들은 다 하고 있는 것처럼 보이니까. 너도 마찬가지잖아. 또 인턴 알아본다매.

**담혜**    알아보고 있죠. 아유는 좀 다르긴 한데..

**준호**    내 말은, 하면 좋은건 당연히 맞는데 너가 지금 번아웃이 왔는데도 해야하는 이유는 하나잖아. 안하면 뒤쳐진다 생각하니까.

**시원**    맨날 시간 아깝다 이야기하는 것도 그런 맥락아냐?

**담혜**    그럴 수도 있지. 근데 개인이 얻는 것도 충분히 있잖아요.

**시원**    근데 바로 당장 이 시기여야 되는 이유. 지금 하는 게 엄청 많고 바쁜데도 꼭 이 시기여야 한다고 생각하는 이유가 있어?

**담혜**    그건 없지…

**시원**    이력서 비어있을까 봐 그런거잖아.

**담혜**    빈 것에 대해서 생각한 건데. 대한민국 사회는 되게 폭력적인 것 같아요. 당장 알바도 그렇거든요. 알바도 경력 비어 있으면. 면접 볼 때 이때는 왜 알바 안 했어요. 무조건 질문이 나오잖아요.

**준호**    맞아 맞아 공백기가 없는 게 되게 중요하대. 모든 취업에서도 그렇고.

**담혜**    그러니까 근데 그게 우리나라가 특히 더 심한 것 같아요. 너 이때 뭐 했어, 물어보면 놀았다고 대답하기가 굉장히 어려운 애매한 그런 느낌?

**준호**    너무 이성적이야. 틀린 말은 아닌데. 사방팔방에서 이성적인 판단만 내리니 숨쉬기가 힘들어.

**시원**  아까 말했잖아요. 장소성이 소멸해서 그렇다니까. 몸으로 느끼는 거 즉물적인 거 동물적인 거 이런 건 비율이 낮아지고 뭔가 인간의 이성 가치가 지배하는 세계가 훨씬 커진 것 같아. 감각이 사라지는 거죠. 그리고 그 사이를 이성이 지배하고 있어,

**준호**  (웃으며) 참나. 그건 모르겠고. 확실히 이성적인 판단이 득세하고 있지. 인터넷 커뮤니티 1분만 서칭해봐도 바로 느껴 질 걸. 너무 뇌로만 생각하는 거지. 전혀 느끼지 않고. 자꾸 '누칼협'을 중얼거리는거야.

**담혜**  누칼협이 뭐예요?

**준호**  누칼협 몰라?

**시원**  몰라

**준호**  그러니까 누가 커뮤니티에 '9급 공무원 너무 힘들다 찡찡거려' 그럼 댓글에 누칼협?(누가 칼 들고 공무원하고 협박했음?) 달리는 거지. 근데 그게 틀린 말은 아니잖아 의미는 하나도 없지만서도. 진짜 감각이 죽은 거지. 감각이 죽은 말, 뇌로만 생각하는 말 인거야.

**담혜**  기본적으로 공감이 없네요.

**준호**  쿨찐 되게 많아. 공감하기 싫어하는 것 같아. 열등감과 질투 때문일 수도 있고. 그게 유행처럼 번지면서 아닌 사람들도 이제 그 감각이 없어지는 것에 전염되는 걸지도 모르지.

2024. 06. 01.
양산을 쓸까 말까 고민되는 토요일 오후 3시
에어컨 아래의 회의실

---

준호는 정우를 본다.

정우는 시원의 말을 집어 삼키기라도 하겠다는 듯이 집중하고 있다. 시원은 먹어볼테면 먹어보라는 듯 쉴 새 없이 말을 한다.

담혜가 없는 지금의 분위기는 마치 살롱에서 처음 본 사람들이 점잖게 이야기하는 것만 같다. 평소였으면 불편해 했겠지만 미묘한 분위기 속에 서로의 지식으로 적절한 답변과 이해를 내놓는 것이 하나의 체스처럼 느껴졌다. 이상한 규칙의 게임속으로 준호는 빠져 들어갔다.


**시원**    그러니까 제가 말하는 건 인류세의 끝을 이야기할 때 단지 종말이 아니라 목적론적 끝과 종말론적 끝을 나눠서 생각해 볼 필요가 있다는 건데요.

**정우**    흥미롭네요.

**시원**    그래서 의미의 상실이 아니라 사물의 상실. 여기 서 있는 걸 그대로 읽어드리자면. "우리는 지금 의미의 상실이라는 포스트 모던 시대를 살아가고 있는 것이 아니라 사물의 상실이라는 인류세를 목전에 두고 있다" 이렇게 얘기하고 있어요. (『이야기의 끈 : 서사적 사고 』, 서울:이학사, 신정아 외, 2021)

**정우**    정말 서양 철학의 입장에서는 진짜 엄청 파격적이네요. 사물이 갑자기 뿅 하고 사라져 버린다. 원래 우리는 사물을 볼 수 없었고 칸트 아래로 우리는 사물을 물 자체를 볼 수 없고 우리는 현상만 새롭게 새롭게 그때마다 창조할 수가 있다. 즉 의미만을 창조할 수 있다였는데 인류세라는 패러다임은 사물 자체를 완전히 없애버리기 때문에 우리 몸뚱이 자체를 없애버린다.

**시원** 어떻게 보면 주관적 진리를 허용하는 흐름이 개인에게 자유를 부여한 거 잖아요? 존재의 자유 때문에 결단할 수 있고, 그것 때문에 불안하기도 하고, 그 불안을 누르는 방식으로서의 믿음을 가질 수도 있는 건데. 그 모든 게 사라지는 사물의 상실은 아예 감각할 수가 없는 영역으로 넘어가는..

**정우** 그야말로 바깥의 불안이군요.

**시원** 이게 제가 무서운 것이 이것은 감각 할 수 없는, 그러니까 피부로 느낄 수 없으므로 무섭다고 생각해요. 지구의 자전 속도가 굉장히 빠른데 우리가 멀미를 하지 않는 것처럼. 이거는 실제로 이렇게 직관적으로 확 와닿지 않는데도 종말로 가고 있다는 것이니까. 좀 더 가보면...

**준호** 오 큰 거 오나보다.

**시원** 뭐래요... 다시. 과거엔 불안을 잠재우는 방식으로써 믿음, 종교를 택했잖아요. 근데 그거를 좀 확장해서 종교에 대한 믿음이 아니라 주관적 진리에 대한 믿음이라고 한다면. 마치 포스트 모더니즘 시대의 전형적인 불안 해소법이랑 닮아있어요. 불안을 다루는 방식으로써 키에르케고르가 말한 '믿는 것을 선택하는 것', '믿기를 결단하기'. 불안을 해결하는 방식으로 믿음을 제시 한 거잖아요. 그건 정신적인 결단이죠. 그래서 이젠 정신적 결단이 아닌 사물적인 결단을, 그 무언가를 해소하는 방법으로 제시해볼 수 있겠다는 말을 하고 싶었던 것 같아요. 악수와 이성적 설파는 다르다는

**시원**　거죠. 왜 우리 저번에 얘기했던 것처럼. 말로써 사람을 설득하는 건 안 된다, 논파는 할 수가 없다, 이런 거랑 거의 같은 맥락으로. 이를테면 악수로 대유되는 그 사물적인 결단을 해야 한다는 거죠. 왜요? 왜 웃어요?

**준호**　테러를 일으키자라는 말처럼 들려서 웃음. 환경을 혁명으로 비유해 봤을 때 그러면 지금 테러 일으키자! 테러 나쁘다고 말하는 게 아니라 사보타지 이런 거랑 비슷한 느낌으로 들려서 웃겼어. 내 말은 사물적 결단이라는 게 말로는 해결이 안 되니까 행동으로 보이자고 한다면은 약간 그런 식으로도 해석할 수 있는 거 아니야?

**정우**　근데 철학적으로 엄밀하게 들어가잖아요? 그거 맞아요. 원래 기존의 패러다임 같은 경우에는 말이 완전히 죽어야 해 완전히 논변으로 완전 100%다 할 수 있다, 이거기 때문에. 테러 같은 경우에는 완전히 반대잖아요. 완전히 사물 100%잖아요. 흥미로워요.

**준호**　본인의 말이 나쁘다 폭력적이라는 게 아니라. 옛날에 만약에 그런 사람들도 비슷한 느낌으로 행동을 하지 않았을까 생각이 들어서. 이제 말로 해결이 안 되니까 움직일 차례다 같은 느낌? 당연히 극단적인 에시고 잘 이해했다는 뜻으로 말한겨.

**시원**　물론 이게 둘을 완전히 뗄 수는 없겠지. 근데 제가 느끼는 이 시대는 너무 말의 비율이 높고 생각이 너무 비대해져서 사물이 감각되기 어렵다고 저는 생각해요.

**준호**　응 맞아. 다들 너무 똑똑해. 그래서 감각을 잃어버리고 불안을 계속 만들어내는 거 아닌가 싶어. 똑똑하니까 생각이 많아지지.

**정우**  우리가 모일 수 있었던 것도 그 때문이겠죠.

**준호**  그런 생각을 좀 해봤어요. 옛날에 도련님과 개똥이가 있다고 했을 때. 실질적 행복말고 주관적 행복만 보면 누가 더 행복할까? 도련님의 삶이 훨씬 이성적이고 윤택하지만 그 때문에 오히려 감내해야할게 많아 보여요, 차라리 개똥이의 삶이 자유가 적더라도 훨씬 감내해야 하고 걱정해야할게 적고 불안과 먼 행복한 삶이 아닐까 하는 생각, 도련님은 한가로이 공상에 젖어 고통을 만들어내는데 개똥이는 할 일이 넘 많아서 생각할 시간도 없어요. 그러니까 오히려 불안과 멀어지고 삶에 더 충실해지죠. 이성 말고 본능에 맞춰 사는 삶. 도리어 주체적이지 않은 삶, 약간 현대사회에 필요한 초인성의 집합체 같아요.
에로스의 종말』이라는 책에서 우울증은 나르시시즘적인 질병이라고 말을 했는데, 그걸 주체성의 과다라고 봤을 때 너무 맞는 말이란 생각이 들었어요. 나를 버릴 수 있는 개똥이가 진짜 현대에서는 행복한 삶을 살 수 있지 않을까 하는. 제 주변에도 우울하다고 하는 사람들 보면 제 기준으로 멍청하다고 느낀 사람은 아무도 없고 다 똑똑하고 생각 많고 다 뛰어나고 재능 있는 사람들이거든요. 항상 우울하고 행복은 전혀 찾지 못하는 항상 자극에 약하고 도파민이 약하고 중독이 약한 사람들인데. 보면서 도련님 아가씨 같은 사람 아닌가 싶어요. 저마저도 그렇고.

**시원**  이 말 들으니까. 『그리스인 조르바』 생각났어요. 도련님처럼 나오는 어떤 학자가 있고 그 다음에 개똥이로 나오는 게 조르바. 그런데 되게 유의미한 게 춤추는 거 좋아하잖아, 둘이 마지막에 춤을 취요. 육체적인 거죠.

언어로서 소통하는 게 아니라 춤으로서 둘이 마지막에 소통하면서 이제 그 박사가 조르바의 언어에 스며들면서 끝난다는 거죠. 그게 아주 의미 있다고 생각합니다. 말씀하신 바와 거의 같은 맥락..

**준호**   너무 좋다.

**시원**   왜냐하면 조르바는 말로 말하지 않거든요. 같이 흙 파고 같이 춤추고 이러는 거죠.


준호는 생각한다. '지금 잔고가 얼마나 남았지?'

이틀 정도 라면을 먹으면 어찌저찌 될 것 같았다. 바로 『그리스인 조르바』를 주문했다. 인생에 무엇인가 영향을 받을 것만 같은 기분이 들었기 때문이다.

그리고 이런 작은 조각들이 모여. 글이 된다. 정확히는 과거와 미래의 내가 현재의 작은 편린을 모은.


그렇게 이어지는 준호의 글.

# 과거

죽지 못해 사는 짐승은
질병과 죄악의 군상이다.

단지 구원이 있기를...

# 한 쌍의 재앙

일찍 퇴근하기 위해

세상을 멸망시키고 싶어

너의 말은 가벼웠지만


눈꺼풀이 무거웠던 우린

단지 지각하고 싶지 않아서

버스를 넘어뜨렸어


나쁜 사람이 되고 싶지 않아서

모두 망쳐버린 건데

시선은 박해


죄스럽게 웃으면서도

서로의 눈을 다시 가려주면

비명이 잦아들고


이불 밖은 언제나 시끄러웠기에

누워 있으면 잠겨 사라질 걸 알면서도

네가 나보단 늦게 빠져 죽길 바라며

우리는 위아래 자리만 계속 바꿔왔어

널 위해 죽을테니

날 조금 더 기억해줘야 해

그게 우리가 빚진 재앙이야


서로를 위해 죽을 순 있었지만

서로를 죽여줄 용기가 없던 우린

매일 운석이 떨어지는 꿈을 꿔

하나 둘 셋 하면 끝은 마법처럼


아무도 없는 아침 혼자 깬 나는

내가 들어갈 틈 따윈 없는 버스를 떠올리고

깨어나지도 못한 몸을 겨우 움직이면

하품이 터져 다시 누워버리고 말아


내일이 너무 멀어

신 준 호 ㅡ 과 거 ㅡ 현 재 ㅡ 미 래

# 현재

눈을 뜬 짐승은 기뻐하는 것도 잠시.

괴이한 불빛들에 눈이 아파 다시 눈을
찌르고 싶은 충동에 휩싸인다.

# '나' - 나 = 불안

눈을 감았을 때 천천히 끓어오르는 그 특유의 숨 막힘. 그것은 구체적이지 않고 결과적이다. 어떤 시대보다 억압 대신 개인의 존중이 이뤄지고 있으나 이유 모를 답답함은 우리 주위를 맴돈다. 그것은 실제적이지 않으며 히스테리처럼 두루뭉술하게 떠다닌다. 보이진 않으나 실존하는 그것을 불안이라 명명하며 이야기해 보는 것이 시작이다.

불안은 과거부터 존재해 왔지만, 당시엔 꽤 실제적이며 구체적이었다. 칠흑 같은 밤의 자연, 전쟁과 폭력, 지배자의 폭정… 불안의 발생은 즉각적이었으며 해결 방식은 명료했다. 불안의 근원에서 멀어지거나 근원을 뿌리 뽑으면 되었다. 하지만 현재의 불안은 다르다. 지금 우리는 불안을 직접 생산한다. 실제적 위협이 대부분 사라졌음에도 오히려 실제적이지 않은 불안에 좀먹히고 있다. 불안은 공기처럼 우리와 함께한다. 우리는 왜 직면하지 않은 문제들로 밤을 지새우고 꿈과 삶을 포기해야 했나.

## 비대해지는 '나' *

인류사회는 지난 100년간, 그 전의 2000년 동안의 기술 발전보다 더한 성취를 이뤄냈다. 삶이 윤택해지고 뒤이어 생긴 수많은 잉여 자원을 이용하여 과학기술을

---

* you can do anything이라 표현되는 뭐든 할 수 있을 것만 같은 인간 예찬적인 인간상을 의미. 자아 혹은 객체성 혹은 이성이라고도 할 수도 있지만 좀 더 자기 인식적인 개념으로 '나'라고 명칭. "당신은 뭐든 할 수 있습니다. '나'를 소중하고 '나'를 좀 더 믿어보세요!" 에서의 '나'와 용법이 같다. '나'로 계속 표기될 것.

발전시킨 것이다. 그에 발맞춰 사회적 발전 역시 빠르게 이뤄졌다. 포스트모던의 흐름 속에서 개인이 발굴되고 또 존중받으며 '나'라는 독창성과 개성이 중요해졌다. 미디어의 발전을 통해 수억의 다른 개인들과 만날 수 있게 된 지금 '나'를 브랜딩하는 게 일종의 성공 지표처럼 평가받는다. '인플루언서'라는 키워드는 지금 사회의 핵심으로 등극했다. 모두 영향력을 가지고 싶어 한다. 그런 흐름에 발맞춰 사회는 개인에게 엄청난 정보와 자유를 주며 '나'라는 존재의 가치를 키워준다. '나'는 현대 사회에서 무한한 가능성을 가진 특별한 존재가 된다. 우리가 하고 싶은 것의 정보는 쉽게 찾아볼 수 있고 나에게 남은 과제는 시작하는 것뿐이다. 과거 경직되고 폐쇄적인 사회 구조에선 상상조차 할 수 없는 지위 상승과 성취를 현재의 '나'는 할 수 있다.

또한, 미디어의 발달로 인해 우리는 육체성과 멀어지게 되었다. 과거의 우리는 사람들과 부대끼며 한 공동체 안에서 실제적인 관계성을 지녔다. 다른 사람들의 육체를 감각하며 지낼 수 있었다. 하지만 과거보다 훨씬 인구밀도가 높아졌음에도 우리는 타인과 점점 더 멀어진다. 우리가 느끼는 타인의 육체는 지하철과 버스에서 날 불편하게 하는 장애물일 뿐 관계적이지 않다. 타인의 육체는 점점 불쾌하고 불편한 것이 된다. 점점 더 분절되어가는 생활 장소와 인터넷과 휴대폰이라는 새로운 세계의 등장은 우리의 관계 맺음에 육체성이 필요하지 않게 되는데 이바지했다. 자신이 존재하는 공간에 이제 감각할 수 있는 타인은 존재하지 않는다. 단지 머릿속에서 계산된 이성으로 존재하고 있음을 이해할 뿐이다. 그러면 그럴수록 자신의 육체에 대한 감각 또한 멀어지며 자아 만이 과감각되기 시작한다. 육체적 감각을 잃어버린 사람들은 이성을 붙잡을 수밖에 없다. 그러면 이성적 판단만이 우리에게 남는다.

일련의 과정에서 '나'는 점점 거대해지며 무한한 가능성을 지닌 유일한 존재처럼 느껴지게 된다. 시대는 우리에게 거대한 주체성을 주었고 우리는 자유를 원하든 원치 않든 받아들여야 한다. '리스크 없는 투자', '증세 없는 복지', '아픔 없는 사랑'처럼 '좋기만 한 자유'는 역설이다. 자유엔 필연적으로 책임이 따른다. 우리는 뭐든 할 수 있는 자유를 얻는 동시에 그만큼의 책임을 부과 당한다. 모든 선택의 결과는 개인이 진다. 그것에 어떠한 변수와 동인이 존재하고 어떠한 운적 요소가 있었는지 전혀 계산되지 않는다. 단지 결과만을 책정하며 모든 성공이 '나'에게 오롯이 돌아가는 것처럼 모든 실패 역시 '나'에게 오롯이 돌아온다. 이러한 분위기 속에서 누군가의 하소연에도 '누가 칼 들고 협박함?*'이라는 면도날보다 날카롭고 차가운 이성의 판단만이 메아리처럼 돌아올 뿐이다,

## '나'의 이미지에 미치지 못하는 사람들

이는 이성적 합리를 가지지만 문제해결에 도움을 주진 않는다. 하지만 할 수 있는 것과 하게 되는 건 또 다른 문제다. 우리는 로또를 사기만 하면 모두 로또에 당첨될 수 있다. 하지만 로또를 평생 산다고 해서 로또에 당첨되는 건 아니다. 우리는 무한한 가능성을 가지고 있지만, 우리가 그 가능성을 모두 사용할 순 없다. 인간은 유한한 존재이기에 한계를 가진다. 우리의 삶은 하루하루 지날수록 가능성이 하나하나 닫혀간다. 또한 수많은 동인에 영향을 받는 우리의 행동력은 유한하다.

* 한때 인터넷 커뮤니티를 휩쓸었던 유행어. 누군가의 하소연('공무원 너무 힘들다…', '예술이 쉽지 않네…' 같은 글에 달린다. 네가 선택한 길인데 왜 투덜대냐는 뜻의 매우 부정적인 뉘앙스를 담은 말.

그러나 사회는 우리에게 무한한 가능성을 쟁취한 '나'를 자꾸 보여주며 '나'의 가능성을 계속 시사한다. 그리고 사람들은 그것에 발맞춰 '나'를 최대한 브랜딩하고 키워서 그걸 미디어에 박제한다. 그 박제들은 미디어를 떠돌며 우리에게 영향력을 행사하기 시작한다. SNS에 존재하는 수많은 바디 프로필을 보며 '나'의 가능성을 또 부풀린다. 단지 그 사람의 고점을 전시한 것에 불과하더라도 우리는 휩쓸리고 만다. 이러한 박제들에 노출되다 보면 무한한 가능성을 가진 '나'를 가졌음에도 아무 것도 성취하지 못한 자신이 보잘것없어 보인다. 나는 이렇게 특별하고 유일한 '나'를 망친 장본인이 된다.

사회가 주입하는 비대한 '나'의 이미지는 평범한 나로는 만족시킬 수 없다. 우리는 모두 거대한 영향력을 가질 수 없고 엄청난 자산을 가질 수도 없으며 모두에게 사랑받을 수도 없다. 단지 몇몇만이 그것이 가능하게 되었을 뿐이다. 또한 그 성취가 모두 그들의 능력으로 이루어진 것도 아니다. 그들의 노력과 재능은 인정받아야 마땅하지만, 그것 만으로 100% 도달한 것은 아니기 때문이다. 부모에게 물려받은 능력과 재산 태어난 곳의 분위기, 사회의 유행 그리고 운과 같은 다양한 요소에 그들의 성취는 직간접적으로 영향을 받는다.

우리는 거대하고 멋진 '나'라는 이미지에 노출된다. 그래서 자꾸 그것에 자신을 맞춰보려 노력하지만 쉽지 않다. 현대의 '나'는 너무 비대하기 때문이다. 그런 이미지에 비해 자신은 너무 보잘것없다. 그리고 점점 실제적 감각에서 멀어지는 우린 미디어로 이미지를 형성하게 되고 악순환의 가속화를 이뤄낸다.

그러한 이미지와 성취의 불일치에서 불안은 자꾸 발생한다. 그게 전혀 실제적이지도 직접적이지 않더라도 불안은 우리 주위를 둥둥 떠다닌다. 세상은 우리에게 자꾸 할 수 있다고 말하지만 난 해내지 못했고 그건 도태되었다고 느끼게 만든다. 인터넷 등지에 떠돌아다니는 자해적 패배주의 역시 그런 자기 인식에서 비롯된다. 그렇다고 불안에 맞서 연대를 외치기도 쉽지 않은 세상이다. 감각이 소멸하며 이성이 득세하는 지금. 하소연은 조롱받기 일쑤다. 이런 자유로움에서 발생한 책임과 외로움 속에서 우리의 불안은 커지고 우리는 그것에 익숙해진다.

## 나를 불안하게 만드는 비대한 '나'

이 모든 불안의 발생은 '나'를 비대하게 만든 세계의 문제도 있지만 결국은 자신에게서 비롯된다. '나' - 나 = 불안. 세상에 기대에 한참 못 미치는 자신에게 답답해하고 힘들어하며 불안에 떨고 있지만, '나'의 이미지도 나의 이미지도 본인이 결정하고 만들어 내는 것이다.

광장으로 불리는 공동체를 일면 폭력적으로 보일 정도로 강조하던 과거와 달리 현재는 밀실이라 불리는 개인이 각광받는 시대다. 개인이 존중받으며 세상은 많은 것이 변했다. 태어날 때부터 모든 게 정해지던 경직된 시대에서 태어난 뒤에 무엇을 하느냐가 중요한 유연의 시대로 넘어갔다. '나'에 대한 동경이 커지면 커질수록 사람은 발전했고 기술과 사회 역시 그에 발맞춰 성장했다. 하지만 이젠 임계치에 도달했다. 프로메테우스가 준 불이 인간을 이롭게 하였으나 아메리칸 프로메테우스*가 인류를 멸망시킬 불을 개발한 것처럼, '나'의 발견은 우리를 이롭고 자유롭게 하였으나 이젠 우리를 멸망시킬 불안이라는 고통을 생산하고 있다. 세계의 발전을 위해 '나'는 점점 커져야만 했고 거대해진

---

* 핵폭탄의 아버지 로버트 오펜하이머

'나'에 눌린 우리는 언제나 숨이 막힌다.

새 시대를 연 '나'는 이제 우리를 망치고 있다. '나'의 특별함이 우리를 고통스럽고 불안하게 만든다. 우리는 뭐든 할 수 있는 인간상인 '나'를 발견하고 그것을 성장시키고 우상화하기 시작한 순간부터 불안의 늪에 빠질 운명이었는지도 모른다.

## 춤추는 자 조르바

그렇다면 우리는 불안의 급류 속에서 어떠한 자세를 취해야 할까. 미래를 대비하며 내면에 단단한 방벽을 쌓을 수도 있을 것이며 급류가 흐르는 시대를 벗어나 은거할 수도 있고 죽을힘을 다해 허우적거리며 그 흐름에 저항할 수도 있다. 하지만 흐름을 거스르는 건 고된 일이다. 사람은 허우적거리지 않고 온 힘을 빼면 결국 물에 뜬다. '나'라는 오만을 버리면 그 흐름 속에 휩쓸리더라도 편안하게 떠오를 수 있다. '나'를 거대하게 만드는 이성적 판단들을 내려놓은 채 짐승처럼 흐르는 삶을 사는 것. 사회적인 판단으로의 '나'가 아닌 진짜 자신의 육체를 느끼며 사는 본인 위주의 삶. 그 삶에선 '나'는 별것 아닌 짐승이 되어버리지만, 불안에서 벗어나 자유를 얻을 수 있다. 이성을 버리고 몸을 얻어 춤으로 삶을 승화시키는 조르바처럼.

조르바**는 직업은 일종의 머슴이다. 그는 화자에게 고용되어 온갖 고된 일을 하며 탄광을 꾸려나간다. 그리스의 지식인인 화자는 '나'가 비대한 인물로 조국과 이상 그리고 철학에 심취하여 있지만 오히려 자유롭고 야만적으로 보이는 조르바를 부러워한다.

---

* 『그리스인 조르바』의 주인공

'안 믿지요, 아무것도 안 믿어요. 몇 번이나 얘기해야 알아듣겠소? 나는 아무도, 아무거도 믿지 않아요. 오직 조르바만 믿지. 조르바가 딴 것들보다 나아서가 아니오. 나을 거라고는 눈곱만큼도 없어요. 조르바 역시 딴 놈들과 마찬가지로 짐승이오! 그러나 내가 조르바를 믿는 건, 그놈이 유일하게 내가 아는 놈이고 내 수중에 있는 놈이기 때문이오. 나머지는 모조리 허깨비들이오. 나는 이 눈으로 보고 이 귀로 듣고 이 내장으로 모두 삭여내어요.'

-〈그리스인 조르바〉 중에

　이러한 조르바의 자기 감각과 육체성은 '나'와 멀어짐으로부터 시작된다. 그는 아이를 잃자 충동을 억제하지 못하고 집 밖으로 뛰어나와 미친 듯이 춤을 춘다. 사람들은 그를 보며 미쳤다고 수군대지만, 그것은 조르바가 귀족 집 자제라는 '나'의 모습을 벗어 던지고 자신을 제대로 직면한 순간이었다. 그는 폭발할 것 같은 감정에 춤을 춰야만 했고 사람들은 그것을 이해하지 못한 것이다. 그걸 계기로 그는 자신을 찾아 떠나는 방랑을 시작했다. 조르바는 본인의 몸을 감각하고 자신의 감정을 감각하고 그것에 충실하다. 그는 무례하고 야만적이며 폭력적이기까지 하지만 솔직하고 자신감 넘치며 강하다.

　조르바의 감각 속 '나'는 언제나 별것 아니기에 그는 언제나 미래보다는 현재를 갈망한다. 지금 즐거운 것 지금 하고 싶은 것 지금 가장 좋은 것이 그에겐 최고다. 기껏 뚫어놓은 탄광이 무너지며 모든 것을 잃은 화자와 조르바는 멋쩍은 웃음만 지을 뿐이다. 오늘의 실패는 어제의 실패가 될 것이고 별것 아닌 내일은 또 내일의 오늘이 되어줄 걸 둘은 알고 있다. 둘에겐 어떠한 불안도 스며들지 않는다. 조르바의 삶을 배우고 느낀 화자 역시 '나' 같은 건 별것 아니라는 것을 깨달았기 때문이다. 탄광은 무너지고 사업은 망했지만 아직 먹고 마시고 춤추고 노래할 몸이 남아 있다. 둘은 행복하게 춤추고 노래하고 밤새 술을 마신다. 어떠한 기대도 둘에겐 남아 있지 않다. 아무것도 아니면서도 온전하다.

'너'(당신의 '나'를 지칭하는 말)는 아무것도 아니야라는 말은 고통스럽다. 하지만 이건 '너'가 무가치하다는 것이 아니라 아무것도 되지 않아도 괜찮다는 말이다. 과거에도 모두 무엇인가가 될 수 있었던 건 아니다. 단지 모두 함께 떠들썩하게 술을 먹고 이야기를 하고 춤을 추며 아무것도 되지 않아도 괜찮다 느꼈을 뿐. 마치 원시인처럼 분수라는 일종의 민간신앙을 믿으며 삶과 불안에 지지 않으며 살아왔다. 조르바처럼 흙을 만지고 춤을 추며 나의 육체가 있다는 걸 느낄 수 있다면. 우리의 '나'가 별 것 아님에도 그렇게 불안하지도 힘들지도 않을 것이다.

물론 그게 쉬운 일이 아니라는 것도 명백하다. 미디어와 기술의 발달로 점점 육체성은 줄어가고 있다. 〈그리스인 조르바〉 역시 20세기 소설이다. 21세기인 지금은 조르바처럼 야만적으로 살 순 없다. 우리의 행적은 모두 기록되며 사람들의 삶은 그때보다 훨씬 서로 유리되어버렸다. 하지만 그렇다고 해서 그 가능성을 닫아선 안 된다. 우리의 '나'는 너무 과다하고 그걸 버릴 수 없더라도 줄일 수는 있다.

'나'- 나 = 불안이라는 공식 속에서 실제적 나의 크기는 아무리 봐도 쉽게 만족스러워지지 않는다. 그렇다면 이 공식에서 절댓값을 줄일 방법은 단 하나. '나'를 줄일 수밖에 없다. 불안만을 야기하는 기대감을 죽이는 게 고통스럽고 힘들더라도 답은 그곳에 있다. 사람들이 생각하는 혹은 내가 오해하는 '나'에 집착하고 걱정하고 불안해하는 대신 본래의 내가 어떤 걸 원하는지 어떤 사람인지 인식해야 한다. 그러한 인식은 나의 육체성을 깨닫는 데서 시작된다. 그리고 거기서 한 단계 넘어간 다면 타인의 육체성도 감각할 수 있다. 실제적 자신이 '나'보다는 훨씬 작고 보잘것없더라도 상관없다. 우린 모두 거대한 무엇인가가 될 수도 될 필요도 없기 때문이다. 단지 조르바처럼 춤이 되고 싶다면 되어버리면 그만이다.

　단지 춤이 될 수 있다면 '나'는 그렇게 필요하지 않다고 조르바는 춤으로 우리에게 고한다.

# 미래

겨우 잠이든 짐승은 행복한 꿈을 꾼다.
그곳에는 다행이 내가 없다.

# bed / paralysis / tuna

안녕 나는 고라니 외롭지 않으려 불안하지 않으려 현실 세계와 디지털 세계 그리고 곰팡내 나는 무덤 세계(책)를 돌아다니는 중이야. 반말로 써보는 건 처음인데 글을 읽는 당신에게 가볍고 편하게 다가갈 수 있기를 바라며 그렇게 써 볼게. 글을 읽는 너와 잠깐이라도 닿아보고 싶을 뿐야.

불안은 내 재능이자 저주야. 삶에 항상 겁에 질려 있는 엄마에게서 그대로 물려받았으니까. 불안은 내게 뛰어난 순발력과 위기 감지 능력 그리고 사람들과 잘 지낼 수 있는 눈치를 줬지만 그만큼 내 삶을 많이 피곤하게 만들었어. 사람이 오래 불안하면 예민해지잖아? 잘 숨겨 왔지만, 평생 숨길 순 없다는 걸 깨닫는 요즘인걸.
뭐 우울한 이야기를 하고 싶은 건 아니고. 난 나의 과민과 폭력 그리고 좋은 성격과 재능의 기반에 불안이 있다는 걸 깨달은 지 얼마 되지 않았어. 그 모든 것에 불안의 단초가 숨어 있는지는 몰랐으니까. 그래서 나는 궁금해졌어. 다른 사람들도 나처럼 불안에 찌들어 사는 걸까? 나만 이렇게 피곤한 거냐고. 하루종일 남들을 째려보면서 분석해본 결과 나름의 결론을 도출했어.

물론 직접적인 해결책은 쓰려는 건 아냐. 그건 오히려 쉽지. 지금 당장 나가서 죽기 직전까지만 달려봐. 흐르는 땀과 거친 숨에 불안이 다 녹아내릴 거야. 목이 터져라 노래를 불러봐도 좋고. 네 몸의 움직임에 전두엽이 반응하며 대뇌피질에서 증폭되던 불안을 모두 죽여 줄 테니까. 하지만 너무 순간적이야. 나는 불안에 대응하는 큰 줄기를 이야기하고 싶어. 자신에게 맞는 방향성을 찾아 불행하지 않고 불안을 이겨낼 수 있도록 말야. 맞지 않는 옷은 단지 불편하고 어색해. 그걸 평생 입을 순 없는 노릇이야. 무한한 가능성의 시대에 사는 우리가 무한한 불안에 먹히지 않기를 바라. 그러니 다른 사람들이 이미 살아놓은 삶을 쓱 훑어 보는 건 어때? 그것만으로도 불안을 줄이는 데 꽤 도움이 될지도 몰라. 내가 찾아놓은 삶들을 한번 구경해 볼래?

## 침대(Bed)

세 가지 줄기 중 첫 번째 유형. 편안한 침대에 누워 불안을 이겨내는 사람들이야. 좋은 침대가 있으면 그 옆에 사랑하는 사람이나 올망졸망한 자식들이 있으면 더 좋겠지. 과거부터 대다수 사람이 선택한 방법이고 전통과 권위가 있는 방식이야. 좋은 사람을 만나서 좋은 가정을 꾸려 그걸 지키기 위해 정신없이 열심히 사는 사람들이 이 유형에 속해. 자신의 불안을 이겨내면서도 사회 유지에 긍정적인 영향을 끼치는 멋진 사람들이야. 기원전에 이미 플라톤이 말했듯이 동(전혀 위계가 들어 있지 않은 직군적인 단어로 사용)의 계급들은 성인이 되자마자 결혼을 하는 게 좋아 보여. 사춘기가 끝나고 어른이 된 혼란스러운 시점에 삶의 목표도 금방 생기게 하고 외로움과 불안에 좀먹히는 걸 잘 막아주니까.

가까이는 나의 부모님부터 우리를 있게 해준 수많은 조상님도 침대의 삶을 살아왔어. 가장 기본적이기에 눈에 띄지 않으며 가장 보편적인 불안 해소 방식이라 할 수 있겠지. 침대의 삶에 방향성은 아무래도 안정성이야. 하루하루 비슷한 삶을 살면서도 안정적인 순간을 유지해야 한다는 목표가 있기에 삶의 의미는 충만해질 수 있어. 침대의 최소 요건은 사랑하는 사람이지만 침대를 무너지지 않게 하는 원동력은 아이로 대표되는 마음을 쓰는 존재야. 강아지나 고양이를 키우는 딩크족이 많은 것도 그게 확실히 유의미한 영향을 끼친다는 증거겠지. 하루하루 힘들고 피곤하더라도 성장하는 아이들을 보는 건 분명 동기부여가 돼.

누군가는 이 삶이 하루하루 침대 속으로 빨려 들어가 침전되는 삶이라 하겠지만... 그게 나쁠 이유는 뭐야. 침대 옆에 사랑하는 사람이('정상'가족적이지 않더라도) 있고 책임져야 하는 아이들(멍멍이 냐옹이도 포함이야)이 있으면. 매일매일 똑같은 삶이더라도 살아갈 이유가 생기는걸. 침대에 누운 사람은 평온한 침전을 선택한 사람이야. 그게 전통적으로 불안에 맞서는 가장 큰 무기였으니까.

아무래도 침대에 눕기 적합한 사람들은 무던하고 성실한 사람이 좋아 보여. 나이가 들면 들수록 서로 모르던 타자 둘이 한집에 산다는 게 쉬운 일이 아니라는 걸 뼈저리게 깨달아. 결혼은 끝이 아니라 시작이야. 서로 배려하고 맞춰야 할 게 참 많아질 테니까. 하지만 그런데도 삶을 유지하는 큰 도움을 주기에 다들 침대에 같이 누우려 하는 거겠지.

**부드럽고 편안한 침대 〈선물〉**
사실 소개라 하기에도 뭐한 멜로망스의 〈선물〉이야. 지금의 멜로망스를 만들어준 노래라 유명하기도하고 솔직히 내가 좋아하는 노래도 아니지만. 그래도 이걸 고른 건... 항상 침대라는 편안한 이미지를 떠올릴 때마다 이 노래가 자동재생 되는 느낌이라 그래.

'나에게만 준비된 선물 같아. 자그마한 모든 게 커져만 가. 항상 평범했던 일상도 특별해지는 이 순간' 부드러

신 준 호 — 과거 — 현재 — 미래

운 김민석 씨의 목소리가 바로 들린단 말이지. 침대라는 명칭에 딱 알맞은 부드럽고 편안함 그 자체니까(그래서 별로 안 좋아하는 듯해). 사랑에 빠져 모든 게 다 예쁘고 좋게 보이는 누군가의 콧노래. 솔직히 들을 때마다 좀 질투나. 어떻게 이렇게 순진 명랑할 수 있을까. 〈선물〉을 들으며 좋은 기분에 빠질 수 있는 사람들은 아무래도 침대가 잘 어울리는 사람일지도 몰라.

**참치에서 침대로 〈팬텀 스레드〉 〈펀치 드렁크 러브〉**
둘 다 폴 토마스 앤더슨(속칭 PTA)의 작품이야. 몇 안 되게(like 봉준호) 예술적인 메세지와 상업적인 흥미로움을 둘 다 잡는 감독 중 한 분이라 생각해. 데뷔작 〈매그놀리아〉부터 사람들의 거대 강박에 관해서 이야기하는 걸 좋아하는데. 그중에서 엄청나게 강렬한 강박이 침대를 통해 녹아내리는 두 작품을 골라 봤어. 〈팬텀 스레드〉와 〈펀치 드렁크 러브〉야.

두 작품의 주인공 모두 어릴 때 가족에 대한 트라우마로 인해 일과 가족에만 집착하는 사람들이야. 자신의 삶을 억압하며 일을 멈추질 못하고 참치처럼 살아가지만, 본인은 그 숨 막힘을 잘 느끼지 못해. 요람 속에 갇혀 성장하지 못한 몸만 큰 아이처럼 작고 좁은 세계를 살기 때문이야. 그러다 만나게 되는 거지 압도적인 사랑을. 둘은 그 앞에서 반항해보기도 하고 자신의 좁은 세계 때문에 난항을 겪기도 하지만 결국 굴복하고 말아. 자신의 삶을 무너뜨리는 것처럼 보이는 사랑이 오히려 그들을 더 편안하고 행복하게 만들어준다는 걸 깨달았으니까. 고집 세고 폭력적으로 보이던 모습들이 사실은 사랑받고 싶은 불안에서 기인했다는 걸 시인하고 마는 거지. 삶에 지친 참치들에게 혹은 사랑이 궁금한 마비들에게 추천하고 싶어.

## 낡았지만 위대한 침대 〈오만과 편견〉

사실 뭐 달달한 침대에 관한 이야기는 내가 전문이 아니라 잘 몰라…. 드라마나 웹 소설은 잘 보지 않은 편이라서. 하지만 그 이야기들의 고고고조 할머니는 내가 또 잘 알지. 제인 오스틴의 〈오만과 편견〉이야. 200년도 더 된 먼지 풀풀 나는 책이지만 지금 읽어도 충분히 세련된 사랑 이야기야. 날카롭고 능력 있는 도시 출신 남주, 당돌하고 씩씩한 시골 출신 여주가 겪는 우탕쿵탕 이야기. 어디서 많이 본 것 같지? 그런 이야기의 원조라고 보면 돼. 아무래도 고전들은 남성 중심적인 거대한 사랑과 고뇌 혹은 어두침침한 이야기가 많은데 이 책은 전혀 그런 분위기가 아니야. 자기가 침대라고 생각하는데 어렵지 않고 두근두근한 고전을 읽어보고 싶다면 추천해. 난 아직도 '다아시는 이미 행복해질 준비를 마친 채로 집을 나섰다.'라는 문장을 보면 심장이 두근두근해. 꺄 이게 사랑이지.


## 마비(paralysis)

두 번째 유형인 마비야. 게임만화sns유투브드라마영화포르노… 현대 사회에서 너무나 쉽게 얻을 수 있는 도파민을 탐닉하며 그 속에서 눈감은 채 둥둥 떠다니는 사람들. 나로 예로 들어보자면 치킨을 시킨 다음 침착맨을 키고 포켓 로그나 하면서 맥주를 마신다? 내 기준에선 그 순간만큼은 진짜 내일 세상이 멸망한다 해도 괜찮을 것만 같아. 누군가는 게임 대신 애니나 영화가 될 수도 있고 누군가는 술 대신 초콜릿이나 담배일 수도 있을 거야. 불법적인 몇몇 것들도 이에 속하겠지. 끊기 어렵고 사람을 멍하게 만드는 것들 많잖아. 물론 마비는 전통적으로 좋지 못한 평가를 받았어. 결국, 도피가 끝난 뒤에는 미뤄둔 불안이 엄습할 테니까. 하지만 지금은 그 양상이 확실히 다르다고 생각해. 요즘은 그렇게 살아도 마비가 끊이지 않을 정도의 도파민을 얻을 수 있어. 전 세계에서 만들어진 다양한 즐길 거리가 우리에게 쏟아지는 세상이야. 그 누구도 유튜브와 넷플릭스의 영상 생성속도를 따라갈 순 없지. 평생을 다 써도 모자라. 자기 일 적당히 하면서 방에만 틀어박혀 사는 게 나쁜 일이라 생각하진 않거든. 그게 자의든 타의든 하나의 길일 수 있다고 생각하니까.

주변에 흔히 보이는 상은 아닐 거라고 봐. 자칭 오타쿠들 자칭 찐따들도 어느 정도 마비의 선에 걸쳐 있을 뿐. '진짜'는 보기가 쉽지 않으니까. 그들은 불러내는 것조차가 쉬운 일이 아니야. 집안에서 모든 게 해결이 되는데 굳이 밖에서 사람을 볼 이유가 뭐야. 인간관계가 넓지 않은 걸 생각하더라도 내 주변에도 2~3명 밖엔 없는 듯해. 스팀 게임을 수백 개 가지고 있는 사람도 있고 일본 만화를 원문까지 찾아서 보는 친구들도 있어. 혹은 식욕에 미친 친구도 있지. 이성과의 섹스에 미친 친구도 있는데…. 다른 영역이긴 하지만 일종에 마비에 가까워 보여. 흔히 '도파민'이라는 것을 쉽게 찾는 방향으로 삶은 선택해온 친구들이야. 자의든 타의든…. 거의 사랑과 꿈은 포기하고 사는데 그걸 슬프게 여기는 것 같진 않아. 요즘같이 사랑이 무색해진 시대에 몸 비틀면서 좋지도 않은 여건으로 노력해야 할 이유가 뭐야. 맘 편하게 포기하고 자기 하고 싶은 거나 하며 사는 게 좋을 수 있지.

마비의 방향성은 회피야. 쉽게 얻는 도파민들로 뇌를 마비시켜서 가득 찬 불안들을 느끼지 않게 만드는 것이지. 남한테 관심이 줄고 점점 파편화되는 사회 속에서 그들은 이제 어렵지 않게 남 시선을 차단하고 자신에게 집중할 수 있어. 게임은 똥겜이라도 계속 나오고 만화는 아무리 읽어도 망작이라도 나와. 음식도 드라마도 영화도 마찬가지. 영원한 회피는 없다는 게 내 지론이지만… 지금 세상은 죽기 전까지 그걸 도망치게 해줄 수 있는 능력을 갖췄어. 가뜩이나 불안으로 가득 차 살기 힘든 시대에 굳이 살이 찢기고 뼈가 부려져 가며 뭔가 성취한다는 게 너무 폭력적이라는 느낌을 받을 때가 있어. 그럴 땐 차라리 1인분이나 하면서 자기를 위하는 게 더 살기 좋은 블루오션이 아닐까? 치열한 삶은 너무 숨 막히는 레드오션이야. 요즘 도대체 누가 치열하지 않지? 하늘 높은지 모르는 평범에 닿기 위해서 미친 듯이 달려야 하는 지금이야.

아무래도 밖에 나가 사람을 만나는 걸 싫어하는 사람. 오타쿠 기질이 있어 무엇인가에 파고드는 걸 좋아하는 사람. 관계에 지치고 경쟁에 지치고 비교에 지친 사람들에게 잘 맞을 거야. 미지근한 물 속에 점점 빠져드는 것처럼 그곳에 고통은 없어. 하지만 선택한 순간 멈추기 힘들다는 단점이 있지만 그건 침대도 참치도 다를 건 없어.


## 마비에 표류하는 삶 〈김 씨 표류기〉

삶에 버려진 두 남녀가 서울 한복판에서 각자 표류하는 이야기. 이해준의 〈김 씨 표류기〉야. 대다수의 작품 특성상. 마비를 좋게 표현한 작품은 찾아보기가 힘들어. 마치 자해하듯 폭력적이고 파괴적으로 파멸을 그리는 경우가 흔해. 하지만 〈김 씨 표류기〉는 좀 달라. 사회에서 도태되고 밀려난 남자는 섬에 조난당하고 얼굴과 마음에 상처를 입은 여자는 집에 조난당한 상태. 하지만 둘의 삶을 전혀 부정하지 않아. 당연하게 우리 눈에는 피폐하고 야만적인 삶이지만. 그것들 나름의 이유와 법칙 그리고 맥락을 잘 만들어줬어. 표류하는 삶을 택한 두 마비인에게 나름의 따뜻한 시선을 던져주니까. 결말은 내 기준에선 살짝 아쉬운데…. 뭐 마비라고 해서 평생 단절되어 살 필요는 없긴 하니까. 아무 미래도 없어 보이는 마비된 삶에 그 나름에도 새로운 길이 있다는 걸 두 눈으로 보고 싶다면 한번 보는걸 추천해.

## 마비에서 참치로 〈봇치 더 록!〉

마비 쪽은 잘 몰라서 주변 친구의 도움을 받았어. 난 예시를 3개 이상 못 들면 죽는 병이 있거든. 하마지 아키의 〈봇치 더 록!〉 히키코모리 소녀가 무대 위에 서서 그걸 극복하고 대인기피를 이겨내는 이야긴데... 솔직히 미소녀 동물원 4컷 만화는 너무 내 취향이 아니라 겨우겨우 다 봤는데…. 그래도 뭔가 담백한 인디밴드 이야기도 많이 나와서 나름 흥미롭게 본 것 같아. 친구 말로는 애니가 훨씬 더 재밌다고 하니 그걸 차라리 추천해. 이런 걸 열심히 읽고 행복하게 살 수 있다면 그게 진짜 마비의 재능이 있는 사람 아닐까 싶지만. 그래도 봇치처럼 눈 한 번 딱 감고 밖으로 나와보는 것도 나름의 의미 아닐까 싶어. 싫다면 뭐…. 온 세상이 봇치다~ 하면서 살아가도 괜찮아.

## 이유 있는 마비 허나 끝은 파멸 〈인간 실격〉

이번엔 썩 행복하기만 한 이야기는 아냐. 평생 도망치다 모든 것을 잃어버린 남자에 관한 이야기니까. 다자이 오사무의 〈인간 실격〉. 내가 더 이상 삶에서 도망치지 못하게 만들어준 소설이야. 맨헤라들이 좋아하는 책으로 유명해. 그럴 만도 한 게 책 읽으면 이 남자의 파멸이 너무나 이해가 되게 만들어져 있거든. 남자의 불운한 삶을 쫓으며 작은 뒤틀림이 모여 얼마나 큰 결과를 초래하는지 명료하게 볼 수 있어. 하나의 미쳐 사는 삶을 그리진 않지만, 사람이 싫어 항상 피하기만 하는 그는 암만 봐도 부정적인 형태의 마비인이야. 결국, 그도 '아무것도 아닌 여자(볼품없는, 보잘것없는)'에 미쳐

사니까. 유일하게 그에게 편안한 존재거든. 가장 나쁜 마비의 결과를 보고 싶다면 한번 펴보는 것도 재밌을 거야.


## 참치(tuna)

그거 알아? 참치는 헤엄을 멈추면 죽는대. 헤엄을 치는 동안에만 아가미로 해수를 넣어 산소를 공급할 수 있다나 뭐라나. 그래서 참치는 잘 때도 헤엄을 쳐. 참 삶이 고단해. 근데 무섭고 슬픈 이야기. 사람도 그런 유형이 있어. 세 번째 유형 멈추면 죽는 줄 아는 사람들 참치야. 수많은 프로젝트, 수많은 과업, 수많은 역량 강화. 모두 해내면서 또 다음 해야 할 일을 찾아. 참치처럼 계속 움직이며 불안과 싸우는 사람들이야. 요즘 대학생들은 대부분 이런 것 같아. 그래서 더 힘든 걸까. 가만히 있으면 뒤처지는 기분이 드는 모양인데... 사실 남들은 다하고 있는 게 맞으니까 틀린 말은 아냐. 요즘 스펙 없는 대학생이 어딨어. 다 몇몇 개의 수상. 입상, 자격증은 그냥 가지고 있고 다들 연애도 하면서 학점도 잘 받던데. 아니라고? 나만 그런 게 아녀서 다행이네 ㅎㅎ... 한잔해~ 재밌었으면 되었지,

글을 쓴다는 쉽지 않은 길을 가다 보니 주변에도 별의별 예술인들이 가득한데. 그 친구들은 진짜 멈추면 죽는 줄 아는 것 같아. 하루에 5시간씩 자면서 한 번에 2개의 프로젝트를 땡겨서하고 항상 만나면 죽을 것 같은 표정으로 앉아 있어. 그럼 나는 말해. 좀 쉬어라. 그럼 대개는 이렇게 답해. 쉬는 게 더 힘들어…. 그때 깨달았어. 이것도 나름의 불안 해소 방식이구나. 가장 힘들고 피곤하지만 남는 건 좀 많은 듯해. 최소한 고난을 겪고 나서 성장한 자신은 남을 테니까. 하지만 결국 번아웃이와 멘탈이 터져버리는 걸 보면 행복한가라는 의

신 준 호 ― 과 거 ― 현 재 ― 미 래

문은 항상 들어.

권태을 견디지 못하는 사람들이 참치가 되기 쉬워. 가만히 있는 게 불안하니 계속 움직일 수밖에. 하지만 관계적으론 썩 좋지 못해. 주위 사람들이 점점 떨어져 나가며 빈 곳 안에 차 들어오는 불안을 메꾸기 위해 더욱 멈추기 힘든 상태가 되어버려. 욕심과 열망이 큰 사람들은 어쩔 수 없이 참치가 되는 수밖에. 참치의 방향성은 성취야. 이게 사실은 정상적인 도파민이지. 다양한 경험을 해보고 자신의 한계를 시험하고 무엇인가 의미가 있기를 바라는 사람들의 집합. 하루하루 성장한다는 건 하루하루 고통스럽다는 뜻이지만. 멈추는 순간 불안이 엄습할 걸 알기에 자신을 채찍질할 수밖에 없어.

열정 혹은 꿈 혹은 열망이 있는 사람들이 참치에 어울려. 자신의 불안을 짓누르며 자신을 채찍질하다 보면 분명 성취가 있을 테니까. 아니면 너무나 확신 없고 불안정한 꿈 때문에 쉬지 못하는 사람들도 그냥 참치가 되어버려. 이걸로 먹고 살 수 있을까 하는 생각들 사람 구실이나 할 수 있을까 하는 생각들이 자꾸 나를 공격하면 가만히 있을 수가 없으니까. 당장 나가서 뭐라도 하는 수밖에 없지. 나를 지키기 위해.


## 침대에서 참치로 〈위플래쉬〉

평범한 소년이 평생 멈출 수 없을 참치가 되어버리는 이야기. 데이미언 셔젤의 〈위플래시〉야. 평범하게 학교에 다니며 가족과도 잘 지내고 썸타는 귀요미도 있는 말랑하는 사춘기 소년이 주인공인데…. 한 미친 **빡빡이**를 만나며 그의 삶은 540도 바뀌어. 빡빡이 선생의 인격 모독적 가스라이팅적인 예술 교육에 반쯤 미쳐버린 소년은 삶과 예술의 기로에서 예술을 선택해. 가족과의 관계 연인 그리고 평범한 삶을 구겨가며 그는 광적인 예술 감각을 깨달아. 마지막 장면의 미친 드럼 연주를 보면 이제 이 소년이 더 평범한 삶을 살아갈 수 없고 예술에 미친 참치의 삶만이 남아있다는 걸 여실하게 알게 돼. 그런 그를 보는 빡빡이 선생의 표정 또한 예술이야. 삶과 예술은 같이 갈 수 없나? 아직 답은 내리지 못했지만…. 일종의 불가분 적인 관계인 건 분명해. 솔직한 건 관계에선 죄야. 끝이 두려운 참치들에게 추천해. 저 소년처럼 멀리까지 갈 자신이 있어? 나도 아직은 불확실해. 소년의 평범한 삶이 퍽 예뻐 보였으니까.

## 참치의 끝 〈나의 히어로 아카데미아〉

소년 만화의 주인공들은 대부분 참치야. 그래야 소년들에게 좋은 영향을 줄 수 있다고 생각하는 걸까? 그들은 목표를 향에 끊임없이 달려. 아무래도 독자층에 좋은 영향을 줘야 하니 대부분 해피엔딩으로 결말이 나는데. 오랜만에 미친 엔딩을 맞은 작품이 하나 있어 소개하려 해. 호리코시 코헤이 〈나의 히어로 아카데미아〉야. 아마 1부만 본 사람이 대부분일 텐데. 1부는 정말 충실하게(좀 폭력적이긴 해도) 소년 만화의 전형을 따라간 작품이야. 운명처럼 얻은 힘 그에 대한 고통스러운 대가. 하지만 친구들을 위해 그걸 이겨내는 소년… 하지만 2부에서부턴 약간 어그러지면서 '강한 힘에 대한 강한 대가'에 치중되는 듯해. 주인공은 원래도 힘을 쓰기 위해 자신의 몸을 희생하는 제약이 있었는데 최종장의 절대 악을 무너뜨리기 위해 자신의 모든 걸 희생하거든. 꿈 친구 건강 그리고 자신의 앞날까지. 소년은 목표를 이뤘지만 남은 게 아무것도 없어. 다들 최악의 엔딩이라고 여론이 안 좋은데…. 그럴 만도 하다 생각해. 소년 만화엔 어울리지 않는 현실적인 엔딩이라 생각하니까. 하지만 목표를 위해서 자신의 팔을 부러뜨려가며 무리를 한 사람의 결말로는…. 그렇게 억지는 아닌 것 같아. 세상에 무한한 건 없어. 참치의 열정과 체력 역시 마찬가지니까. 번아웃마저 열정으로 넘어가려던 타버리고 말 거야. 그 결과를 보고 싶다면. 나히아의 최종장을 한번 보길 바라.

## 헤엄을 멈추는 순간 보이는 삶 〈싯다르타〉

참치를 비방하는 것 위주로 많이 뽑힌 것 같은데…. 그래도 어쩔 수 없어. 참치를 긍정하는 건 유튜브에 많이 있으니까. 요즘 대세잖아? 그래서 난 다른 이야기를 할 거야. 헤르만 헤세의 〈싯다르타〉 언제나 삶을 예찬하는 그가 부처의 삶을 모티브로 삶을 통찰한 이야기야. 왕족으로 태어나 모든 걸 다 가지고 모든 걸 다 깨우친 청년 싯다르타. 그가 쉴새 없이 삶을 찾는 이야기가 바로 〈싯다르타〉야. 그는 깨달음을 얻기 위해 점점 모든 것을 버리고 고행하며 열반에 도달하려 하지만. 사실 중요했던 건 그 모든 것이었음을 깨닫는 이야기야. 그 깨닫는 과정마저도 모든 것임을 아는 거지. 그 깨닫는 순간이 참 공교로와. 작 중에서 가장 늙고 병들고 바보가 되었을 때 깨닫거든, 평생을 쉴 새 없이 헤엄치던 그가 불안의 숨 막힘을 견딜 수 있을 때에서야 드디어 무엇인가를 보는 거지. 숨 막히게 달리면서도 불안한 참치들에게 보여주고 싶어. 사실 그 모든 게 다 의미 없으면서 의미가 있다고 말하면 화내려나?

## 너나우리

다양한 이야기를 톺아보며 다른 사람들도 지켜봤지만… 나조차도 어떤 게 더 나에게 맞는 삶이진 확신이 들지 않아. 대충 겉모습은 참치처럼 사는 듯하나 침대에 누워 누군가와 장난치는 걸 좋아하면서도 마비에 너무 취약해. 게임이나 만화 하나에 정신 못 차리며 하룻밤이 지나 있기도 하고 연인이랑 같이 누워 잘 때의 무섭지 않은 밤을 정말 좋아하기도 하지만…. 결국, 가만히 있는 걸 견디지 못하는 사람인 것 같아. 순간 다음에 찾아오는 것들이 너무 무서우니까.

지금이 내 나이대가 딱 과도기인 듯해. 주변의 친구들과 지인들을 보면… 침대의 삶을 찾다 결국 못 참고 뛰쳐나온 사람, 마비를 쫓다 자아를 상실한 사람. 결국, 지쳐 참치를 포기한 사람. 20대 후반 딱 선택과 전환 사이에 놓인 우리. 다른 길을 찾을 수도 있고 돌아갈 수도 있고 모든 걸 포기할 수도 있는 가능성의 기로는 오히려 고통스러워. 뭐든 할 수 있다는 감각은 참 폭력적이야. 모든 게 내 죄가 되어버리잖아? 모든 것엔 맥락이 있는데…. 물론 나쁘게 말하면 그냥 핑계. 하지만 틀린 말은 아니잖아.

혹시나 오해할까 봐 말하는 건데. 내가 보기엔 침대 / 참치 / 마비엔 어떠한 위계도 없어. 누군가 보기엔 좀 더 긍정적인 것 혹은 좀 더 편한 것 혹은 좀 더 안정적인 것으로 나뉠 뿐. 단지 자신에게 맞는 것을 선택하는 게 더 좋다는 것이지. 솔직한 말론 나는 침대형 인간들이 부러워. 난 평생 평온이 찾아오기를 바라 왔지만…. 내 몸에 맞지 않는다는 걸 알 뿐이야. 아무리 좋아하는 사람에게서도 자꾸 벗어나려 발버둥 치고 결국 그러다 버려지고 나면 집착하는 나의 괴적인 상태는 암만 봐도 혼자가 적합해 보이니까. 남한테 민폐만 끼치는걸. 그래서 나는 혼자 살 수 있는 참치가 되려 해. 무엇인가 의미가 있기를 바라면서.

나는 이해를 해야 불안이 사라지는 사람이야. 그래서 나의 불안을 한번 이해해 보고 다른 사람들은 어떤 식으로 하고 있나 이해해 보려는 모든 일련의 과정이 세 가지의 글에 모두 들어있어. 모든 건 방향성이 존재하

신 준 호 ― 과 거 ― 현 재 ― 미 래

고 분명 자신에게 맞는 방향이 있을 거라 생각해. 그런 방향성에 괜한 위계를 설정하고 무엇이 더 좋다고 생각하며 무리할 필요는 전혀 없어 보이거든. 운명은 분명 있고 분수도 어느 정도 있다고 봐. 물론 광활한 자유가 펼쳐진 지금엔 그걸 다 깨부술 수 있지만. 그건 거대한 수준의 고통을 동반하는 일이야. 자신을 망쳐 버릴 수 있을 만큼 큰. 나는 글을 포기하고 예술을 포기하고 떠난 친구들을 원망하지 않아. 우리는 그때 분명 행복했지만. 그들에겐 너무나 힘든 일이었을지도 몰라. 거대한 불안을 감당하지 못하면 참치로 오래 살 수 없어. 너무 피곤했을 거야. 나도 그걸 잘 아니까. 침대든 마비든 더 자신에게 나은 길로 가면 될 뿐. 아쉬움은 감출 수 없지만 응원해. 자신에게 맞는 편안한 길을 찾아가는 게 분명 더 좋은 길이야.

그래서 난 자꾸 예시를 찾고 텍스트를 뒤적거리는 것 같아. 나를 확신하지 못하니까 자꾸 간접적으로나마 삶을 느껴보고 나의 방향성을 재고해. 나를 알지 못하니까 자꾸 다른 것에 비춰보려고 노력하는 거지.
멜로망스의 〈선물〉을 들으면서 부럽다고 생각하면서도 이내 포기하기도 하고 〈김 씨 표류기〉를 보며 저것도 하나의 방향 아닐까 생각해보기도 하고 〈싯다르타〉를 보며 이 모든 고난이 다 무슨 소용인가 싶기도 해. 나도 나를 아직 규정하기 힘들어. 사실 그게 된다면 진짜 난 놈이겠지. 단지 그것들을 내 안에 한 번 넣어보고 맞나 아닌가를 한 번씩 고민해 보는 것일 뿐. 그리고 나 역시도 그런 삶을 작게나마 제시할 수 있는 글을 쓸 수 있기를 바랄 뿐이야.

행복해지는 방법은 언제나 자신 안에 존재해. 그렇기에 언제나 자신을 잘 아는 것이 행복의 지름길이 되어주지. 내가 추천해준 텍스트들과 함께 맛보기의 삶을 살아보며 한 번 정도 뒤를 돌아볼 수 있다면 좋은 의미가 되지 않을까 싶어. 아무 생각 없이 든 책에 아무 생각 없는 글에서 단 하나라도 건질 게 있었다면 내가 오히려 고마울 것 같아.

글이 의미가 있었다면. 담에 또 보면 좋겠는거라니~.

신 준 호 ㅡ 과 거 ㅡ 현 재 ㅡ 미 래

# 그녀와 나

조민수

그녀는 늘 궁금해했다.

왜 인생은 퍼즐조각처럼 딱딱 들어맞지 않는데 이상하게도

어떤 그림이 완성되어가는 것 같은 기분이 드는지.

그녀는 자기가 그려가고 있는 그림이 뭔 지

절대 알 수는 없다고 했다.

왜 그런지 궁금해하는 나에게 그녀는

자기가 어떤 퍼즐 조각들을 가지고 있는지도 모르는데

완성될 그림을 모르는 건 당연하댔다.

그녀는 어떤 게 가장 궁금했을까,

그녀의 퍼즐 조각이 무엇인지 혹은

나중에 완성될 그림이 무엇일지 아니면

왜 인생은 퍼즐처럼 딱딱 들어맞지 않는 건지?

그도 아니라면 자기가 왜 이런 의문을 품게 되었는지.

이 중 그녀가 가장 궁금한 건 뭘까.

내가 가장 궁금한 건 이거다.

그녀가 알고싶은게 대체 무엇인지.




*나는 나를 분리해서 바라본다.

그녀는 나이고 나도 나다.*

나는 기록한다 그녀에게서 힌트가 분명 나올 테니까.

오늘 그녀는 불안해 보였다.

오늘 나와 카페에서 만나 자신의 휴대폰을

툭 내려놓으며 자신의 눈을 봐 달라는 신호를 보냈다.

휴대폰이 책상에 내려놓아지는 소리는

마치 휴대폰이 한숨을 쉰다면 날법한 소리처럼 들렸다.

사물도 한숨을 쉴 수 있을까 그렇다면 가끔은

사물을 빌려 한숨을 대신 쉬게 하고 싶다.

나는 마시던 커피의 빨대에서 입을 떼기 전

그녀에게 먼저 눈을 맞추고

급히 빨대를 입에서 놓았다.

커피의 얼음이 점점 녹아 내가 마셨던 만큼

다시 원상복구가 되었을 때가 되어서야

그녀는 멈추지 않던 이야기를 멈췄다.

이야기를 마친 것처럼 보였지만 그녀는 아무래도

아직 답답하고 풀리지 않는 것이 있는 게 분명했다.

그녀가 지금까지 했던 이야기의 대부분은

시간에 대한 것이었다.

그녀는 요즘 시간이 너무

느리게 가는 것만 같다고 했다.

그렇지만 자신의 삶이 지루한 건 또 아니란다.

가끔 하나도 안 바쁜 날에 일하는 시간이 더

빨리 갈 때도 있지 않냐며,

오히려 엄청 바쁜 날에 시간이 더

안 갈 때도 있었지 않냐며

나에게 공감을 원하기도 했다.

공감 못하지는 않았다.

나 역시도 그런 기분을 느낀 적이 있었으니.

그녀가 원할 진 모르겠지만

얼마 전 들었던 수업에서

한 교수님이 하셨던 말이 떠올라 이야기해줬다.

원래 시간을 보면 그 순간부터 시간은

느리게 가기 시작한다고.

너가 그렇게 느꼈던 이유는

바쁜 와중에서도 시계를 계속 봤기 때문일 거라고.

그녀는 고개를 끄덕이며 수용하는 듯하더니

휴대폰을 들고 바로 시계를 봤다.

그리곤 그 후에 한숨을 쉬었다. 내가 방금

시계를 보면 시간이 느리게 가는 법이라고 얘기했는데

그녀는 왜 시계를 보았을까

그리고 왜 한숨을 쉬었을까.

불안이 옮기기라도 하는지

나는 불안할 이유가 없었음에도

커피가 담긴 유리잔이 흘리는 땀처럼

불안한 땀이 조금 났다.

내 땀구멍이 불안에도 반응하는 줄은 몰랐는데.

조민수 ― 그녀와 나

오늘 그녀는 안심이 된 듯했다.

집에 들어가 그녀를 마주했을 때

편안한 상태가 아니라면 먹지 못하는

초콜릿을 먹고 있었기 때문이다.

그녀는 섭식장애를 앓았다.

그래서 그녀에겐 극도로 두려워하는 음식이

있었는데 그 중 하나가 초콜릿이다.

나아지기 전에는 불안할 때마다 그것을

이겨내기 위해 먹었지만 요즘 그녀는 불안할 때보다

마음이 안정되고 편안할 때 초콜릿을 이성적으로

섭취할 수 있게 되었다. 그녀가 초콜릿을 먹고 있는 것을

보게 되자 내 마음도 초콜릿을 먹는

그녀의 상태와 같아졌다.

얼굴엔 편안함이 얇은 수증기의 형태처럼 날아왔고

피부 속을 지나 더 깊은 몸 속까지 순간적으로 퍼졌다.

기분 좋은 온기가 나오며 수분감까지 느껴지는 몸으로

그녀와 같이 초콜릿을 먹으려 다가가는데 순간,

그녀의 발 옆에 있는 쓰레기통에

수많은 초콜릿 비닐이 보였다.

그리고 편안한 상태일 거라 생각했던

내 판단이 잘못되었음을 느꼈다.

몸 속에 날아들어온 수증기는

급속도로 매우 차가워졌다.

땀을 흘렸다가 겨울바람을 맞으면

매우 차가워지는 것처럼.

애써 침착하며 그녀가 상처받지 않도록 다가가서

너의 초콜릿을 나도 먹어도 되냐고 물었다.

그 질문에 바로 그녀는 나에게 초콜릿을 건넸다.

제발 먹어달라는 듯이 말이다.

간절한 그녀의 손은 초콜릿을

꼬옥 쥐고 있었지만 동시에

그것을 혐오하고 있었다.

입 속엔 초콜릿이 녹아 끈적해진 상태로

그녀의 기분을 좋게 만들면서

그녀를 파괴시켜갔고

초콜릿을 몇 개나 먹은 건지

얼굴 군데군데 녹은 초콜릿의 흔적을 남겼다.

그녀의 초콜릿을 조심히 뺏어들어

책상에 내려두고 물을 가지러 갔다.

가벼웠던 내 몸이 초콜릿을 백 개는 먹은 듯

배가 나와 무거웠고 숨 쉬기가 힘겨웠다.

기분이 불쾌하고 이상하게 울렁거리며

토할 것 같은 느낌이 지속됐다.

나는 그녀고 그녀는 나니까,

내가 이렇게 느끼는 건

그녀가 지금 이런 느낌이라는 거다.

물을 가지고 왔지만 그녀는 마시지 않았다.

나라도 그랬을거다.

물이 들어갈 틈이 없었을 테니까.

그녀는 심각한 얼굴을 하고

자신이 먹어 치워버린 초콜릿의 비닐봉지들을
빤히 쳐다 보고만 있었다.
그녀의 섭식장애가 다시 생겨났나 보다.
그녀가 얼마 전 질문했던 것과 그래서 내가
알아내고 싶어 진 것과 관련이 있다고 확신했다.
가장 깊은 곳에 있는 불안은
안심의 형태로 나타나기도 한다.
오늘이 그랬던 날이다.


오늘 그녀는 바빴다.
초콜릿 과다섭취 후 며칠이 지난 오늘은
그녀가 부지런히 움직여야 하는 날이다.
속죄하듯 음식을 입에 대지도 않은 그녀와 내가
보고싶어 하던 영화를 각자 하나씩,
총 두 편이나 예매해 놓은 날.
그녀와 나는 둘 다 영화를 좋아하는데
좋아하는 이유는 다르다.
나는 영화를 보며 살아있다고 느낀다.
살고 싶어서 영화를 본 적이 있는가?
난 영화를 보는 열 번 중
여덟 번은 살고 싶기 때문에 보곤 한다.
반면 그녀는 영화관이라는 공간을 좋아한다.
그 공간 자체를 아주 애정했다.
두 편의 영화를 다 본 뒤 우리는

잊지 않고 영화의 포스터를 챙겼다.

그런데 그녀는 학교에 가지 않기로 한 모양이다.

얇은 두개의 포스터가 무거워 보일 정도로

힘들어 보이긴 했다.

사실은 그녀가 확실한 이유를

말해주지 않았을 때부터 예상하고 있었다.

그녀는 참 비밀이 많다.

나에게도 공유하지 않는 비밀들.

어느순간부터 나는 비밀이 많은 그녀를

더 소중히 다루기 시작했다.

비밀스러운 상자는 조금 더

다루기 조심스러운 것처럼.

안을 열면 뭐가 있을지 모르는

미스테리한 상자같기도 하고,

그 안에 뭐가 들었는지 알지만

그것을 지켜주고 싶은 어린 아이의

비밀상자 같기도 했다.

그녀의 속내는 드러나는대로 믿으면 안됐다.

그녀의 말엔 늘 필터 하나가 씌워진 채 나온다.

그걸 몰랐을 땐 필터에 가려진 말들에

여러 번 당하기도 했다.

그럴 때마다 나와 멀어졌던 그녀기에

나는 방법을 터득해야만 했다.

그 결과 오늘처럼 그녀의 마음을

읽을 수가 있게 된 거다.

그녀의 모호한 계획은

늘 위태롭게 하루 위에 존재한다.

그녀 같은 완벽주의 성향의 사람은 더욱 그랬다.

나는 그녀에게 극단적인 면이 있는 듯한데,

그녀는 그걸 알고 있을까 알면서 부정하고 있을까.

전혀 모르고 있으려나.

그녀는 오늘 학교에 가도 아마

제대로 무언가를 하지 못할 거라고 생각했을 거다.

그렇기에 위태로웠던 그 계획은

자신의 하루 위에서 밀쳐버리고

집에 가는 버스에 탔다.

원래 없었던 거처럼,

내 하루 위에 올려두지도 않았다는 듯이.

집에 간 그녀는 포스터 두 장을

늘 모아두는 곳에 끼워 넣고 가방을 내려놓는다.

방 바닥에 자신이 밀쳐버렸던 계획이 보였던 걸까,

뭔 갈 거슬려 하며 렌즈를 뺐다.

흐려진 시야로 보는 세상이 편하다는 듯이

의자에 앉았고 해야 할 일을 한다.

그녀는 '불안'에 대해 글을 써야 하는데

대체 불안이 뭐냐며 투덜거렸다.

그러다가 키보드 위로 흔들리는 그녀의 손을 봤다.

그녀가 불안을 모를 리가 없다고 생각했다.

그녀는 아마 잘 써내려 갈 거다.

아니라면 그녀의 손이 알아서 써주겠지.

오늘은 매우 더웠다.

유독 여름에 불안은 더 기승을 부리는 듯하다.

더위와 친구인 게 분명하다 아니라면 천적이겠지.

이런 말을 했더니 그녀는 인사이드아웃2에서

'불안이'의 컬러가 주황색이라서

내 말이 어느정도 신빙성이 있다고 말했다.

또 불안이가 화산 혹은 폭죽같이 생긴 것도

한 몫 한다며 웃어 보였다. 나는 그녀에게

이제 비가 많이 올 것 같다고 말하며

후회 없이 모든 걸 쏟아내는 빗줄기처럼

우리도 모든 걸 쏟아부어 볼 줄 알자며

뭐든 해낼 것만 같이 거대하게 말했다.

그러다 문득 그녀에게 궁금했던 걸

알아내려는 의지가 약해지는 느낌을 받았다.

다시 내가 이 기록을 하게 된 이유를 되새겼다.

지금까지의 기록으로 보았을 때 그녀는

그녀가 나중에 완성할 그림이 무엇인지에 대해

가장 궁금해하는 것 같았다. 그녀가 알 수 없는 미래에

대해 큰 궁금증을 느끼는 것 같다고

1차적인 결론을 내렸기 때문이다.

1차적인 결론인 이유는 그녀에게 분명히 숨기고 숨기고,

꽁꽁 숨기고 있는 무언가가 있다는 생각이 자꾸만 들어서다.

조민수 ― 그녀와 나

오늘 그녀는 집에 갔다.

혼자사는 그녀는 아주 가끔 부모님 집에 갈 시간이 생긴다.

본격적으로 바빠지기 전

여유로운 틈을 놓치지 않고 집을 방문했다.

그녀의 집은 그녀가 아주 어렸을 때부터 살았던 집이었다.

나는 그녀와 집에 가는 게 신났다, 어쩌면 그곳이 그녀가

가장 많이 묻어 있는 장소라는 생각이 들었기 때문이다.

그녀가 정말로 '살았던' 자신의 집은

여기뿐이라고 했다. 이곳에 워낙 오래 살기도 했지만

그 전에 다른 집에 대한 기억은 전혀 없다고.

자신의 인생 중 절반 이상을 이 집과 함께 했다고 했다.

이 집을 떠나 독립한지는 2년 반이 되어갔다. 그녀는

옛날 집에 도착했을 때 집의 비밀번호를 헷갈려 하며

가물가물하다고 머쓱한 듯 웃음을 지었다. 나는 그녀가

뭔가 이 집에 대해 미안함을 느끼고 있는 것 같았다.

자신이 적응의 동물이라는 사실에 대한 미안함.

이 집을 떠나 밖에서 사는 삶에

적응한 것에 대한 미안함. 인간은 적응의 동물인데

그럼 그녀는 자신이 인간이라는 사실에 대해

미안해하는걸까. 나는 터무니없는 미안함이라 여기며

그럴 수 있지 그럴 수도 있지라며 그녀를 달랬다.

적응의 동물이라는 사실에 미안해하던 그녀는

적응의 동물이라는 사실로 미안함을 덜어냈다.

이곳에 놀라울 정도로 빨리 적응한 그녀가

편안한 얼굴로 나에게 질문했다.

공간에게도 죽음이 있을까? 그리고 연달아

여기가 죽게된대도 내 인생이 사라지는 건 아니겠지?

라고 물었다. 나는

지금이야 여기서 살았던 시간이 너의 인생에서

절반 이상의 시간이겠지만 더 살다 보면 언젠가

이 집에서 살았던 시간이 너 인생의 절반보다 훨씬

짧아질 때가 올 거고 그때가 되면 이 공간이 언제 죽더라

도

너는 그 사실을 받아들일 수 있을 거라고 말해줬다.

그녀는 이 집에서 그 때 그녀의 곁에 있었던

또 다른 '나'들을 추억하는 듯했다.

나는 슬쩍 한 발 뒤로 물러선 채 있어주었다.

그녀는 참 사랑스럽다

그녀가 오랜만에 살아있는 것 같았다.

오늘은 그녀가 눈물을 흘렸다.

그녀는 늘 무언가를 잘해내고 싶어서

완벽주의 성향을 버리지 못한다.

그녀는 바쁜 와중에도 열심히 준비해오던

중요한 발표를 앞두고 실수할까 봐 두려워

모든 걸 내려놓고 싶어하는 것처럼 보였다.

마치 그녀가 초콜릿을 참아내다가

평생은 못하겠다는 생각에 참았던 시간들을 뒤로하고

순간 내려놓아버린 후 다 먹어버리는 것처럼.

그런 그녀에게 가끔은 불안할 정도로

조민수 ─ 그녀와 나

뭔가를 잘해내고 싶어도 좋겠다는 생각과

가끔은 무언가를 피하고 싶을 정도로

두려워해봐도 좋겠다는 생각이 든다고 말해주고 싶었다.

사실 불안하면 그건 기회다. 그래서 그걸

놓치지 말아야 한다고 말해주고 싶었다.

그러니까 그냥 불안해도 괜찮다는 말.

사람들은 다들 불안해할 필요 없다고,

불안해하지 말라는 말을 해주지만

나는 한 번도 그런 말을 듣고 내 불안이

사그라들었던 적도 없을 뿐더러 불안은

그런 말들에게 영향을 받는 감정이 아니기 때문이다.

그렇지만 우는 그녀의 앞에서

나는 이런 말을 해줄 수 없었다.

그녀의 눈물 속에 제발 불안이 같이 담겨

전부 밖으로 잘 나오기만을 바랐다.

나는 우는 그녀의 눈물을 멈추게 할 수 있는

힘이 없었지만 그 눈물을 멈추게 할 수 있는

유일한 사람이 나라는 것에 이상한 슬픔이 몰려왔다.


그녀는 오늘 아주 일찍 일어났다.

오늘은 그녀가 흘렸던 눈물의 원인이었던

그 중요한 발표의 날이었다. 그녀는 그 이후로도

여러 번의 눈물을 쏟아냈고 나 몰래 훔치기도 했다.

나는 당연히 다 알고 있지만 수십 번 모른 척해주었다.

그녀가 숨기고픈 마음을 알기에.

그녀는 늘 그랬듯 걱정했던 만큼 잘 해내었다.

그녀는 오랜만에 진심으로 웃음을 지었다.

아주 깊은 곳에서부터 올라온 듯한

그 웃음은 한동안 그녀의 얼굴을 떠나지 않았다.

지금까지의 시간들이 그 웃음을

끌어올리기 위함 이었다고 생각했다.

그렇게 생각하니 훨씬 더 오래 머무르길

바라고 바라게 됐다. 그러다가 그녀는 눈물을 보였다.

웃음과 눈물이 섞인 듯한 표정이 인상적이었다.

슬플 때 나는 눈물보다 기쁠 때 나는 눈물이 더 진하고

행복할 때 나오는 웃음보다

힘들 때 나오는 웃음이 더 값지다.

보편적인 현상을 뛰어넘기 위해선 그만큼의

힘과 노력이 필요하다. 기쁠 때 눈물이 난다는 거,

힘들 때 웃어 보인다는 거.

이제 그녀는 그럴 줄도 알게 된 사람이 되었다.

그녀가 자랑스럽다.

그녀의 눈물이 헛되지 않았음은 물론

그게 아주 가치 있었음을 증명했다.

나는 그녀를 안아주고 싶었지만

그녀를 안아주는 사람이 많았다.

나는 그녀를 안아주는 사람이 없을 때

안아주면 되는 존재이므로

오늘은 마구 다른 사람에게 안기도록 바라봐주었다.

시간이 어느정도 지나고 그녀의 얼굴에서

웃음도 울음도 어느정도 비켜가고 있을 때 즈음,

그녀의 얼굴에서 새로운 무언가가 모습을 드러냈다.

그건 공허함이라고 불러야 가장 적합할 것 같았다.

그녀는 오늘 춤을 췄다.

늘 그녀는 춤으로 무언가를 해소하곤 하는데

꽤 오랜만에 춤을 춘 것 같아서

"오랜만에 해소할 게 생겼나 보다!"라고 했더니

그게 아니라 그냥 해소의 필요성을

몰랐던 것 같다고 답했다.

그녀는 자신의 움직임을 하염없이 정말 계속

바라보기만 했다. 나는 처음 듣는 노래였는데

내가 다 외울 정도로 계속 계속 계속.

그러더니 이 좋은 걸 왜 이제까지

안했을까라고 말했다. 그 노래 가사 중 하나가

내 머릿속에도 깊게 남았는지 계속 맴돌았다.

그녀가 오랜만에 무용을 해서 기뻤다. 그녀는

무용을 하며 늘 무언가를 깨닫는다. 그래서

나도 그녀에게서 더 많은 힌트를

얻어낼 수 있을 거라 생각한다.


평화롭던 그녀의 일상도 잠시

그녀는 오늘 이별을 했다.

나는 늘 이해하지 못했다 그녀의 연애를.

내가 지금까지 그녀의 연애를 언급하지 않은

이유였다. 그녀는 매우 초연해 보였는데 나는

그런 그녀가 어리둥절하기만 했다.

이렇게 생각하게 된 데에는

어느정도 일리가 있다. 과거로 돌아가보자면

그녀는 그 전에 헤어짐을 거부당했던 적이

몇 번 있었다. 그녀는 헤어지고 싶었지만

헤어지지 못했다며 소식을 전했고

나는 그녀가 아직 애인을 사랑한다고 생각했다.

결국 헤어지진 않았으니까 말이다. 그러다

어느 순간부터는 그를 사랑하게 된 건지,

만남과 헤어짐을 쉽게 생각하지 않게 된 건지

그와 못 헤어졌다고 말하던 날들이 줄어들기

시작했고 나보다 그와 더 많은 시간을 함께했다.

나와 보내는 시간이 줄어들면 그렇게 불안해하던

그녀가 이렇게 되다니 이상하기도 했다.

나와 있는 시간이 현저히 줄었고

그와 보내는 시간은 매우 늘어났다.

내 쪽으로 기울어져 있던 그녀의 시소가

그를 만나고 균형을 맞춘 것도 찰나,

평행선을 훌쩍 지나 그에게로 전부

기울어져버렸다. 그냥 오른쪽에서 왼쪽으로

기울어진 것뿐이니, 늘 내 쪽으로

시소가 기울어져 있었으니

이젠 그럴 수도 있지라고 생각했다.

그리고 그렇기에 당연하게 그녀가

그를 많이 사랑하고 있구나라고 생각했다.

그녀는 오늘 이별을 했다. 그녀는 울고 있지 않다.

조민수 — 그녀와 나

그를 분명 많이 사랑했는데

왜 울지 않는 건지 궁금했다.

그녀에게 괜찮냐고 물었다.

그녀는 표정이 없었고 멍 때리 듯 숨을 쉬다가

나를 보더니 눈물을 보이며 나에게 미안해했다.

왜 나에게 미안해 하는지 모르겠어서

우는 그녀를 달래주려는데 그녀가 나에게

거울을 건넸다. 거울을 움켜쥐긴 했지만

영문을 모르고 서있으니 그녀가 미세하게

거울로 얼굴을 보라는 모션을 취했다.

나는 거울을 얼굴까지 들어올리고 나를 비춰봤다.

내 얼굴이 피투성이였다.

아, 왠지 거울을 얼굴까지 들어올리는데

팔이 아프기도 했다. 무언가에 맞은 것 같기도

어디에서 굴러 떨어진 것 같기도

무언가에 강하게 부딪힌 것 같기도 한데

정확히 어떤 상처들과 아픔인지 모르겠고 '

그녀는 묵묵부답이었다. 그냥 다신 '이렇게 만들지 않겠

단 말만 되풀이했다.

그리고 자기가 잘 치료해주겠다는 말도.


그녀는 오늘 집을 급히 나섰다.

나도 물론 그녀를 따라갔다.

나에게 미안했던 게 아직 남아있는지 나를

계속 챙기며 옆에 붙여뒀다.

나랑 떨어지고 싶어하지 않는 것 같기도 했다.

그녀가 이별을 했기 때문일까 그녀가

기댈 곳이 되어주고 싶은데 우리는 너무 가까이가면 결국

하나로 겹쳐져버려 오히려 더욱 기댈 수가 없게 된다.

그렇기에 내가 스스로 거리를 조금씩 조절했다.

그녀는 오늘 방황했다. 어디로 갈 지도 모르는 채

발을 옮기는데 잘 나아가지도 못하고 같은 곳을

빙빙 도는 것처럼 움직여 다녔다.

그녀를 따라다니는데 힘들기도 했다.

오늘은 그녀와 오랜만에 가장 붙어있던 날이었는데

아이러니하게 가장 거리감이 느껴졌던 날이다.

그녀와는 늘 언제 만나도 편하고 어색하지 않았는데

오늘은 처음 만난 사이처럼 어색하고 멀게만 느껴졌다.

내일이면 다시 되돌아오겠지 생각하면서도

다시 되돌아오지 않으면 어쩌지 걱정했다.

걱정하다 보니 갑자기 도무지 확실한 게

하나도 없다는 것에 조금 지쳤다.

대체 그녀는 어떤 사람인 걸까

어떤 생각을 지금 하고 있을까

나는 왜 그녀를 알 수가 없는 건지

도대체 왜 '내가' 그녀를 몰라야 하는 건지.

그녀가 얘기해주지 않는 건지 그녀도 모르는 건지.

이 또한 확실한 게 아무것도 없었다.

나는 늘 그녀의 편일 수 있을까.

대화 한마디 없이 싸운 것만 같은 기분이

들 수도 있나 보다. 싸움은 대화에서 시작되기도 하지만

침묵에서 시작되기도 하니까.

오늘은 그녀에 대해 기록할 것이 별로 없다.

이젠 그녀가 어딘가 낯설었다.

그녀에게 거리감이 느껴 지기도 하고

이제 내가 그녀가 아니고 그녀가 내가 아닌 느낌이다.

그러니 내 존재가 있는지 없는지도 모르겠다.

나는 지금 궁금증을 해결하는 것이

중요하지 않다는 걸 알았고 이 기록도

이젠 무의미 해졌다. 대체 지금 이 시점에서

그깟 궁금증해결이 도대체 어떤 의미가 있는 걸까

지금까지 내가 뭘 해온거지 싶은 회의감과 함께

이게 가장 본질적이고 중요한 문제일 수도 있다는

희망의 모습을 한 합리화를 했다.

가장 가깝게 붙어있는 두 점은 서로를 향할 때만

가장 가까울 수 있는 거다. 등지고 반대로

향한다면 가장 멀리 돌아가야 한다.

그 사실이 고통스럽게 느껴지는 이유는

가까운 지름길이 있다는 걸 알면서도

외면하기에 그런걸까.

이건 고통의 글자들이다 글자들의 비명이

들렸으면 좋겠다 누구한테든. 이 한 글자 한글자를

작성하는 족족 모두 타 들어가는 것 같다.

내 손도 마음도 글자도,

나는 아픈 게 가장 싫다. 내가 아픈 건

그녀도 아픈 거다. 그래서 내가 도저히 할 수 있는 게

아무것도 없다.


나는 오늘 편지를 한 편 썼다.

그녀와의 관계를 회복하고자는 아니고, 어쩌면 내가

언젠가 사라질 수도 있겠다는 생각이 문득 들어서다.

그녀에게 나 말고 또 다른 '나'가 함께할 수도 있다는 걸

잊고 있었는데 그녀의 침묵 속에서 미래를 본 듯

무언가 결심이 들었다 편지를 써야겠다고.

그녀도 나도 변치 않는 서로의 공통점이 있다면

그건 손편지를 사랑하는 마음이다.

우리가 서로 가장 좋아하는 작성법은 틀려도

편지는 손으로 써야만 한다는 신념은

결코 변치 않았다. 나는 등산을 하는 것과 비슷하게

쓰면서 숨이 찬 편지를 좋아하고

그리고 숨이 차는 것에 희열을 느끼고.

그녀는 하나의 그림을 완성시켜가는 것과 유사하게

편지를 쓰는 것을 좋아한다. 섬세한 작업을 위한

아주 작은 지우개가 늘 필요한 그녀이다.

그녀에게 쓴 편지 한 편을 기록한다.

이 편지가 그녀에게 나를 기억하게 하는

가장 좋은 방법이라는 생각뿐이다.

나는 이미 그녀와 함께기에 그녀는 나를 결코

잊거나 없앨 수 없겠지만.

조민수 ― 그녀와 나

————————

그녀에게,

안녕 가장 나 다운 너이자 너 그 자체인 내가 쓰는 편지야.

고맙다고, 고맙다고 말하고 싶었는데

그게 뭐가 그렇게 어렵다고 못 했어.

내가 하는 모든 말은 그저 고맙다는 말을

하고 싶었던 건데 말야.

나는 요즘 하루만 사는 재미에 빠졌어

어제도 내일도 없는 오늘만 존재하는 세상에서

살아보는 거야 나는 오늘에만 살아있으니까

이렇게 살다 보니까 후회 없는 하루 미련 없는 하루를

보낼 수 있더라고 나 그래서 되게 행복한 것 같아

아무리 힘든 일이라도 하루는 할 수 있거든

하루 정도는 내가 견뎌볼 수 있거든

하루만 있다고 생각하니 부담감, 책임감들도 다 사라지고

걱정이나 불안함을 느낄 필요도 없어졌어

단순해진 것 같아서 기뻐

지구온난화가 지금 속도로 계속 진행된다면 약 8년 뒤에

지구가 멸망할 거래

나는 이 말이 왜 이렇게 위로가 될까 너도 그럴 것 같은데

너도 그래? 같은 이유로 그렇게 생각하는 거면 좋겠다

나는 나무가 대단한 것 같아

나무를 자세히 보는데 수십 마리의 개미가

(수십 마리 아니 알고 보면 수백 마리겠지?) 아무튼,

그 많은 개미들이 자기 몸을 간지럽히면서 돌아다니는데도

나무는 고요해 고요한 나무를 보고있자니 내가 다

소리를 지를 지경이었어.

개미가 그냥 나무 몸에 침입한 걸까 나무가 받아준 걸까

너는 뭐라고 생각해? 나는 ⋯ 모르겠어 나무의 마음을.

나무는 개미가 자기 몸을 갉아먹는 게 사실 자기를

채워주기 위함이라는 걸 알고 있나 봐

나는 그걸 몰랐는데 말야


너는 어떤 모습으로 존재하고 있고 존재하고 싶어?

나는 내가 존재하는지도 잘 모르겠어 그저 거울에 비치는

모습을 믿기엔 거울이 너무 투명해서 못 믿겠어

그래도 이 편지를 읽는다면

글을 쓰던 나는 존재했던 걸 거야

어떤 모습으로든 말이야

나는 요즘 잘 쓰던 충전기가 고장나서 곤란함을 겪고 있어.

혹시 너의 충전기는 잘 작동해?

충전기를 고장 낸 내가 할 말인지 모르겠지만

만약에 꺼질 것 같으면 그냥 꺼져보는 것도 괜찮을 거야

나는 꺼져보려다 항상 꺼지기 직전에 충전을 했거든.

뭐가 그렇게 무서워가지곤

너는 꺼질 용기가 있었음 좋겠다.

누구에게나 라는 건 사실 없잖아.

너는 빨간색이 좋아 검정색이 좋아?

무슨 색을 말해도 너와 잘 어울려 그럴 거야

또 편지할게


- 그녀와 나 모두에게


매일 아침 펴는 기지개 끝으로

어제와 내일은 사라지고 오늘만 남길

－ － － － － －

조 민 수 ㅣ 그 녀 와 나

그녀가 내 편지를 읽었다.

그건 그녀가 쓴 편지이기도 하니까 물론.

그녀는 이제 나를 떠나보낼 준비와 결심을 마친듯하다.

생각보다 빨리 이 시간이 다가온 것 같다.

그녀는 지금 가장 가까웠던 전부와 이별한다.

그녀의 연인과 그리고 또 나와도.

그녀가 매우 걱정됐지만 이렇게 힘든 결심을 내린 것을

물거품으로 만들지 않았으면 좋겠다는 마음도 들었다.

가까운 관계일수록

한 번에 끊어내는 것이 더 나은 거라고

나도 그녀도 그렇게 생각했기 때문이다.

내가 그녀를 붙잡고 그녀를 떠나지 않는 것은

그녀가 다시 헤어졌던 연인에게

돌아가는 것 과도 똑같은 일이었다.

내가 있는 한 그녀에게 잔잔한 흔들림이

계속될 거라 생각했다.

그녀는 내가 옆에 있는 한 그를 떨쳐낼 수가 없을거다.

그녀는 나를 사랑하는 것만큼이나 그를 사랑했다.

그와 나는 그녀에게 시소 양쪽 끝이었을 뿐이다.

한쪽에서 벗어나 다른 쪽 시소로 간다고 해도

양쪽 끝을 모두 비워내지 않는 이상 그녀는 절대 다시

평행선을 만들지 못할 거다.

어느 한쪽으로도 기울지 않은 평행선.

그게 지금 그녀가 가장 원하는 것이다.

중심을 찾는 일. 그리고 그건 매우 어려운 일이라

이렇게 모든 것을 비워낼 만큼

어려운 결정도 해야 했음을 안다.

나는 그녀를 위해 떠나기로 결심했다.




그녀는 이제 보이지 않는다.

어쩌면 그녀는 급히 집을 나섰던 그날부터,

나를 옆에 꼭 붙여두었던 그날부터,

나와의 안녕을 예상하고 있었는지도 모르겠다.

그녀를 가장 잘 아는 나라고 생각했는데

생각해보면 늘 그녀는 나보다 빨랐다.

나는 절대 그녀를 앞설 수 없구나.

무력함을 느낄 줄 알았지만

기분 좋게도 편안함을 되찾은 것만 같다.

나는 그녀의 인생에서 어떻게 기억될까.

궁금한 마음이 폭발하지 않은 화산 속 용암처럼

아주 무겁게 끓고만 있다.

이 용암은 절대로 분출되지 않을 거다.

나라는 산은 그녀를 위해서 이 용암을

영원히 품은 채 다스릴 거고

절대 그 입구를 열어주지 않을 거다.

나 자체가 그녀의 퍼즐 중 한 조각이었구나.

그저 그녀의 삶에 굉장히 많은 영향을 끼칠 수 있던

핵심 퍼즐 한 조각이고 싶은 마음이지만

사실 모든 퍼즐 조각은 핵심적이다.

한 조각이라도 없으면 완성되지 않는 것이 퍼즐이니까.

조민수 ― 그녀와 나

나는 그녀에 대해 유독 많이 궁금해했던

그런 조각이었을 거다.

그래서 그녀가 어떤 궁금증을 해결할 때

나의 조각이 그녀에게 끼워질 거다.

나는 그러기 위해 그녀의 삶에 잠시 존재했다.

내가 가장 그녀를 아껴주고 싶고 그녀를 지켜주고 싶다.

모든 퍼즐 조각들이 나와 같은 마음이라면

정말이지, 그녀만큼 막강한 힘을 가진 사람은 없을 거다.

그녀가 나와 같은 조각들 만을 끼워 넣을 수 있기를

바라고 또 바랐다.

이제 나는 그녀의 곁에 있어줄 수 없다.

가기 전에 내가 챙겨가야 할 것이 없을까

골똘히 생각했다. 그녀의 상처를, 그녀의 불안을,

그녀의 걱정을, 그녀의 과거를 모두 챙겨

내가 다 떠안고 있고 싶었지만 그러지 않았다.

그것들이 지금은 그런 형태로 그녀에게 남아있지만

조금 더 시간이 지나면 모두 그녀에게

기회를, 깨달음을, 편안함을, 미래를 선물해 줄 것이다.

그녀 옆에서 나는 정말 많은 것을 보았다.

나는 내가 가장 궁금해하던 질문에 대한 답을 찾았다.

그녀가 가장 궁금해하던 것은 바로

그녀 자신이다.

자기 자신을 가장 궁금해하던

그녀의 조각으로 남을 수 있어 정말

행운이라고 생각했다. 세상에는 생각보다

자기 자신에 대해 궁금해하지 않는 사람들과

이미 자신을 다 안다고 자부하며

더 이상 알아가지 않으려고 하는 사람들이 많기 때문에.

그녀는 앞으로 얼마나 많은 것을 알게 될까

그리고 그녀는 얼마나 더 좋은 사람들과 함께일까

나와 함께 일 때 그녀는 힘들어 할 일이 많았기에

이제 기꺼이 떠나 그녀에게 앞으로 찾아올

또 다른 나를 선물한다.

안녕, 안녕 우리가 함께 늘 일기장에 썼던 마지막 그 말처럼

always

Good

Luck

@ –

# 카메

이담혜

2024. 05. 18.
느지막이 해가 떨어지는 토요일 오후 5시.
정릉의 가산빌라 301호.

---

시원, 준호, 담혜가 마주앉아 있다, 짧은 정적이 흐른다.

인생을, 그리고 사랑을, 마지막으로 관계를 생각하던 담혜는 말을 꺼낸다.

**담혜** 이성 간의 사랑이든, 부모와 자식 간의 사랑이든 저는 그 시간이 오래 걸리는 거 같은데 그 동안 뭘 생각하냐면. 내가 사랑하는 대상이 일반적인 범위 내의 사회에서 벗어난다고 하더라도 사랑한다고 이야기할 수 있냐는 질문에 그렇다고 대답할 수 있는지를 기다리는 것 같아요. 그렇다고 대답할 수 있을 때, 그때 사랑한다는 말이 나오는 것 같거든요. 예를 들어 그 친구가 만약에 다른 사람을 죽여 그럼에도 불구하고 난 그 사람을 사랑할 수 있냐는 대답에 질문에 '예'라고 할 수 있을 때, 뭔가 난 사랑한다는 말이 나올 것 같아요.

**시원** 사랑도 다양한 층위의 사랑이 있잖아요. 그렇지만 나는 대부분의 사랑은 관계와 관련이 있는 것 같은데, 내가 너와 만나고 싶고 네가 나랑 관계가 있었으면 좋겠다는 마음이 깔려 있기 마련이잖아요. 그러니까 나와 관계에 있는 너가 망가지는 것을 원치 않는다는 거지.

**담혜** 하실 말씀 있으신가요?

**준호** 너는 그러면 아가페적 사랑을 구하는 거야?

**담혜**    아가페?

**준호**    숭고한 사랑 아니야? 뛰어넘는 거잖아. 에로스랑 플라토닉조차 뛰어넘은 사랑인 거잖아. 근데 만일 존재라는 관점에서 봤을 때. 존재는 맨날 바뀌잖아. 그러니까 사람을 죽이기 전에 얘는 내가 좋아하던 존재일 수도 있는데 사람을 죽인 후의 존재는 꼭 범죄자여서가 아니더라도 인격이 달라졌을 수도 있으니까 안 좋아할 수도 있는 거잖아. 나는 그런 생각이야. 나는 관계를 되게 넓게 보거든. 그러니까 상대가 나 말고 다른 좋아하는 사람이 있어서 떠날 때 웃으면서 보내주는 것도 관계성 중 하나야. 그러니까 진짜 희생적인 관계성인 거지.

**시원**    그러니까 그게 어떻게 그게 가능하지? 나는 그게 놀라움.

**준호**    만약에 집착을 놓고 진짜 관계성만 봤을 때는 그게 맞는 관계성인 거니까. 이 사람의 자율성을 억압하면 안 되고 나 대신이 될 새로운 연인도 내가 봤을 때 별문제가 없어. 마약 중독자도 아니고 범죄자도 아니야. 그러면 잡을 수 있는 이유가 뭐가 있냐는 거지. 물론 사랑은 관계성만 있는 게 아니라 이기성도 있고 되게 다양하게 섞여 있잖아. 육체성일 수도 있고 이런 것도 있는 건데 그 모든 걸 포기하고 관계성만 보면 보내줄 수 있다는 거지.

**시원**    질투한다는 감각은 알 거 아니에요?

**담혜**    질투한다는 감각은 그럴 때 느끼는 것 같아요. 그러니까 내가 많은 시간을 공유하고 싶은 상대가 다른 사람과 많은 시간을 공유할 때. 그 질투가 제일 커요.

**준호**  나도 그래.

**담혜**  그 질투가 제일 크다기보다는 그 질투밖에 없는 것 같아.

**준호**  내가 바쁠 때는 뭘 하든 상관없다는 거잖아.

**시원**  그럼 나는 5시간 만나는데 다른 사람이 6시간 만나면 그게 질투난다는 거잖아.

**담혜**  그렇죠.

**시원**  근데 시간이라는 것도 물리적인 측면이 있지만, 의미나 밀도가 다를텐데.

**준호**  스탕달의 적과 백이라고 있거든. 불륜이 얘기가 있는데 어떤 되게 고귀한 부인이 있는데 젊은 수도사랑 바람이 났어. 근데 그 부인이 남편한테 외도 걸렸을 때 한 말이 있어. 나는 당신한테 줬던 어떤 것도 뺏어서 이 사람한테 준 적이 없다. 그러니까 남편에 얻지 못하고 주지 못하는 걸 젊은 수도사한테 줬을 뿐이라고 말하는 거지.

**담혜**  그러니까 나는 그 영화 『드라이브 마이카』에 등장하는 아내한테 너무 공감하는 거야.

**준호**  그럴 수도 있지. 근데 그럼 어떻게 되는지 알지?

**담혜**  알죠. 알긴 아는데, 나는 공감이 돼요.

**준호**  근데 내가 봤을 때 층위가 있는 거 같아. 나는 그래도 사람들 되게 좋아하고 관심 많으니까. 나는 그래도 아직 '걸쳐 있는 사람'인데, 그러니까 나는 상대방을 이해할 수 있는 사람이고, 소유를 이해하는 사람이라는 거지.

**시원**  근데 이해를 못 하더라도 관계 윤리라는 게 있으니까.

**준호**  정말 맞는 말.

**담혜**  그거에 바탕을 두고 살아가죠. 일단 살아가는 건,

**준호**  오히려 겉모습은 제일 잘하고 있는 사람이긴 해. 그러니까 위험한 거지. 이런 놈들이 속이 시꺼멓다니까.

담혜가 멋쩍은 듯 웃으며, 방바닥을 멍하니 바라본다. '관계윤리'라는 것이 무엇인지 생각하다가, 속이 시꺼멓다는 마지막 말을 곰곰이 반추하다가 담배를 들고 일어선다.

그렇게 이어지는 담혜의 글.

# 카메

손을 잡기만 해도 불뚝거려서 어기적어기적 걷다가 뒤로 돌아 재빠르게 바지 속으로 손을 넣어 방향을 조정해야 제대로 걸을 수 있던 때의 일이었다. S의 손을 잡을 명분은 있을 리 만무했는데, 마침 비가 오던 날, 젖으면 못쓰게 되는 송아지 가죽으로 만든, 그나마 쓸만한 신발을 신고 나온 나였지만 그런 건 이미 까맣게 잊고 있었다. 한 사람분의 공간만 막아주는 우산은, 어떻게든 S의 몸에 닿아보려는 생각으로 가득차 터지기 직전이던 불씨에는 소화액이었다.

"우산을 왜 사? 내 거 있으니까 같이 써."

사지 말라는 S의 눈빛이 '같이'를 말하는 부분에서 흔들렸다. 카페를 나서면서 자연스럽게 S의 왼쪽 어깨에 왼손을 올렸고, 오른손으로 우산을 잡았다. 분명 하와에게 선악과를 건네던 뱀의 손과 같은 모양새였다.

"내가 들게."

좌측 유두에 S의 우측 견갑골이 느껴졌다. 얼굴과 얼굴은 가까웠고, 오른쪽 주머니에 있던 담배는 젖고 있었다. 저녁을 먹으러 식당을 들어가야 했지만, 식당이 보이지 않았다.

그랬던 S의 우산에 욕을 하기까지는 얼마 걸리지 않았다. 신경은 S와 닿는 것보다 젖는 주머니로 가기 시작했고, 젖은 담배는 맛이 없었다. 공통이 많았던 만큼, 딱 그만큼 차이가 났고 둘이 한 사람이 될 수 있으리라는 기대는 이미 예전에 포기한 지 오래전이었다. 태초의 인간은 등을 붙인 형태로 둘이 하나로 존재했으며, 남성과 남성, 여성과 여성, 그리고 남성과 여성이 등을 붙이고 있는 모양인 남여성, 총 3가지의 성으로 존재한다던 아리스토파네스의 사랑론은 ― 잃어버린 반쪽을 찾던 아리스토파네스의 사랑은 현실과는 동떨어진 저편의 신화일 뿐이다. ― 틀렸다. 혹은 그녀가 내 반쪽이 아니었거나. 그래서 최근에는 '사랑'이 과연 무엇인지 생각하게 되는 것이었다. 영원히 사랑한다거나, 마음이 변하지 않는다거나 하는 소리는 그 대상이 되는 사람을 모를 때야 할 수 있는 이야기였다. 하지만 모른다고 생각하지 못할 것이므로, 그런 이야기를 할 때에는 누구나 자신이 신중하고 오랜 고민 끝에 그런 이야기를 꺼낸다고 착각하게 되는 것이었다. 인간은 편협하고, 이기적이며, 계산적이다. 자신이 상대를 '안다'라고("한 인간이 무엇을 완전히 '안다'라고 하는 것이 가능한 것인가?"라는 질문이 생긴다.) 말할 수 있는 시기가 오면, 그 사람을 모르지만 '안다'라고 말하던 때처럼 그 사람을 사랑하는 것은 불가능하게 되어버린다. 시간이 많이 지났으며, 상대를 알아가면서 상대의 부정적인 면 역시 보게 되며, 영원한 사랑은 존재할 수 없다. 주체인 인간이 영원한 존재가 아니기 때문이다. 애초에 '영원'과 '존재'가 양립이 가능한 개념인가?

그럼에도 불구하고 그 멍청한 짓을 반복하게 되는 이유를 계속해서 고민하게 되었다. 학습하지 못하는 사람을 혐오하지만, 내가 그 사람이 되는 일은, 또 그것을 알게 되는 일은 괴로운 일이다. 그 반복하는 시간의 단두대 위에 무기력하게 머리를 올려둔 채로 사랑의 칼날이 내려오기만을 멍하니 주시하곤 했다.

거북이가 계속 플라스틱 창을 머리로 들이받는 게 잊히질 않았다. 지난 겨울, 어머니랑 오키나와 여행을 가면서 들렸던 츄라우미 수족관에는 바다거북이 있었다. 지름이 10M정도 되는 원형으로 생긴 수조에 서너 마리가 함께 있었는데, 그들은 원주를 따라 돌면서 이마를 들이받고 있었다. 어머니는 옆에서 나의 태몽이 거북이었다며, 크고 빨간 고무 다라이에 거북이가 들어와 있었다고 이야기하고 있었다. 쿵 하고 또 쿵. 그리도 다시 쿵. 그건 시위였다. 깨질 일이야 없겠지만, 여기서 나가야겠다고 그들은 이야기하고 있었다. 바위에 계란 부딪히기라고 비웃는 이들에게 자신의 머리가 깨지는 일은 이 두꺼운 플라스틱이 깨지는 일과 별반 다르지 않다는 것을 이미 알고 있기라도 한 듯이 부딪힐 때조차 깊고 냉기가 흐르는 눈을 깜박이지도 않았다. 그 소리는 고무 다라이에서 나갈 때가 됐다고 이야기하는 범종(梵鐘)같은 것이었다.

엄마는 내가 네다섯 살 때 마트에만 가면 그 작은 수조 속 손가락 두 마디도 안 되는 거북이를 그렇게 구경했다고 했다. 사줄까?, 키울래?, 물어도 아니, 하면서 계속 그렇게 그 거북이들을 구경했다고. 그걸 몇 달을 지치지도 않고 계속하니까 엄마는 마트에서 그 거북이를 사서 집으로 데려왔단다. 그리고 그 거북이가 우리 집 베란다에 놓이니까 그 뒤로 거북이를 보지 않았다고 한다. 기억이 나지 않았지만, 왜 보았는지, 보지 않았는지는 알 수 있었다.

자유를 빼앗긴 마음이 정말 그것인지 몇 번이고 다시 질문하는 모습은 스스로도 꽤 우스꽝스럽게 느껴졌다. 하지만 그게 정말 어리석다고 생각했다면, 언제라도 그런 버릇은 가져다 버렸을 것이다. 먹을 때도, 가질 때도, 심지어는 주체가 되어 무언가의 자유를 빼앗을 때마저도 그런 메커니즘이었으니 이 방식을 고수하는 것을 진실로 좋아한다거나, 아직 이 방식을 부끄럽게 생각할 만한 사건을 못 만났거나 둘 중 하나였다. 그리하여, 거북이를 만나봐야만 했다. 정확히는 다라이를 나간 거북이를.

오키나와보다 대만에 더 가까운, 일본 본토 남쪽에 위치한 섬인 미야코지마는 아열대 기후였다. 섬에 병원은 한 개였으며, 빌딩은 고사하고 슈퍼도 찾기 힘든 곳이었다. 일본인들은 계속 일본어로 말을 걸어왔고, 나는 눈썹을 치켜뜨고 저 사람이 하는 말이 무슨 말인지 표정으로 의중을 때려 맞춰보는 일을 해야 했다. 최남단 섬인 이시가키와 오키나와 사이에서 융기하여 지면으로 드러난 미야코지마는 섬을 둘러싼 바다의 해수면이 낮아 산호의 서식지였다. 해변가로 가면 죽은 산호들의 시체인 회백색의 뼈 산호들이 가득했고, 산호 시체들 덕에 맑은 날 바다의 색깔은 에메랄드 색을 띠었다.

게스트하우스는 여자가 2층 남자가 3층을 쓰는 구조였다. 2
층 침대로 이루어져 있었고, 고시원 같은 크기였지만, 가구
들이 작고 공간을 효율적으로 활용해서 그런지 그보다는 넓
어 보였다. 함께 쓸 수 있는 공간은 방에 비해 작았고 복도는
고요했다. 집주인은 한국어와 영어가 전혀 통하지 않는 일본
사람이었다. 그래도 어찌저찌 해변가의 이름들과 단어들과
손짓 발짓으로 소통을 할 수 있었다. 숙소에 있을 때는 조용
히 해달라는 말을 시작으로 동쪽 해변으로 가면 거북이를 볼
수 있다는 말을 들었고, 운이 좋아야 볼 수 있다는 말을 덧붙
여 들었다. 그 밖에도 여러 해변을 추천받았고, 은하수가 보
인다며, 옥상을 꼭 가보라며 몇 번이나 강조했다. 바다에 들
어갈 일이 많을 테니, 빨래가 생기면 옥상에다 널어서 말리
면 된다는 말과 한국인은 여자가 1명 묵고 있다는 말까지 듣
고 나서야 방으로 들어갈 수 있었다.

나는 알고 있었다. 복도에서 마주친 C에게 울긋불긋하던 시
기의 S를 비춰보는 것이 얼마나 어리석은 일인지를. 그리고
얼마 지나지 않아 복부에서 피가 하강하는 감각이 눈을 가리
고, 귀와 코를 막으며, 입에는 재갈까지 물리고 나서 협박해
올 것이 분명했다. S에게 온 육체와 정신을 다해 쏟아부었던
과거의 시간은 올가미가 되어 내 손발을 묶고 있음을 알았을
때조차 달아나야 하는 찰나였다. 그러나 C는 단두대 위에 기
꺼이 머리를 올려두고 시퍼런 날에 나의 목을 드러나게 보여
줄 만큼이나 매력적이었다. 칼날을 묶어둔 모래시계는 이제

막 돌아가 있었다.

바다는 완전히 들어가지 않고 물가에만 누워 있어도 사람이 없어 조용했다. 산호사는 부드럽다 못해 푹신했고, 소라색 물에선 소다 맛이 나야만 했지만, 완전히 짠맛도 아닌 비릿한 맛이 났다. 감각하기 이전에는 절대로 알 수 없을 것이라는 말이 계속해서 머리에 울렸다. 언젠가 여름, 강릉의 강문 해변에서 S에게 들었던 이야기였다. 그러니까 들어와 보라며, 청바지를 입고 겨우 발만 담글 줄 알았던 터라 양말과 신발만 벗어두었던 나를 완전히 적셨다. S가 발을 걸어 넘어트린 탓에, 바다에 들어갈 생각이 없어서 주머니에는 담배와 라이터, 휴대폰과 지갑 따위가 들어있었는데, 그것들이 다 젖어버렸었다. 'Viva Cuba Libre'라고 담뱃갑에 적혀있던 글씨가 물에 번졌는데, 그날의 기억이 모네의 그림처럼 머릿속 어딘가에 남아있는 까닭은, 순전히 쿠바의 독립을 원한다는 문구를 상품화해버린 글귀가 바닷물에 번졌기 때문이었다.

뭍으로 나와 젖은 담배에다 괜히 불을 붙여보고, 빨아들였다. 축축한 연기가 뇌수의 색을 옅게 만들었다. 스노클링 마스크를 챙겨 거북이들이 해초를 먹는다는 해변으로 걸어갔다. 그 앞에서는 작은 나무 팻말에 일본어와 숫자로 무엇을 판다고 적어둔 모양이었는데, 전혀 알아볼 수가 없었다. 짧은 머리에다, 검은 갈색의 살갗 위로, 선크림을 잔뜩 바르고, 선글라스를 낀 배에 나잇살이 조금 낀 아저씨는 혼자 온 하얀 동양인의 남자가 신기한 모양이었다. 무언가 소통을 시도했지만, 대답할 수 있는 단어는 '카메' 하나였다. 거북이를 뜻하는 일본어였는데, 해변을 가리키며 "카메?"를 반복할 뿐이었다. 그렇다고 하자, 갑자기 뜸을 들이며, 한번 들어가 보라는 식의 반응이었다. 마지막 아저씨의 얼굴이 그리 밝지 않았기 때문에 불안한 마음을 뒤로하고 스노클링 마스크를 끼운 채로 걸어들어갔다. 간간이 보이는 니모와 열대어들, 산호초는 기대감만 높였을 뿐, 거북이를 보여주지는 않았다. 그토록 고요하고도 관능적인 바다를 원망하는 수밖에 없었다. 한참을 찾아다니다가 나와서 몸을 말리는데, 아저씨가 다가와 '노 럭키, 노 카메'라는 말을 반복했다. 어디선가 영어라도 배우고 온 모양이었다. 젖어서 무거워진 머리카락이 떨어지는 것을 쓸어올리며, '땡큐'와 '아리가또'가 섞여 입가에 눌러붙어 있었다.

게스트하우스 옥상엔 빨랫줄이 있었고, 먼지 가득한 의자 몇 개와 책상 하나가 덩그러니 있었다. 시내에는 4층 이상의 건물을 보기가 힘들어서 그런지 시야가 완전히 트여 있었다. 저녁이었는데도 바다의 파도가 옅게 보였다. 위로는 별을 하나 가리키기 힘들 정도로 쏟아지고 있었고, 은하수가 떨어지고 있었다.

다음 날엔 조금 멀리 나가보자는 마음을 먹고 바다에 들어갔다. 대여한 오리발도 끼운 채로 물장구를 치고 나아갔다. 밤에 썰물로 물이 빠져나갔다가 아침엔 다시 들어오는 중이었는데, 워낙 잔잔한 바다라 그런지 수영이 어렵지 않았다. 곧 이어 발이 모래에 닿지 않았고, 산호의 색은 물이 깊어질수록 진해졌다. 햇빛을 받아 그런 건지, 산호는 글리터처럼 반짝였고, 열대어들은 불청객을 곁눈질하는 중이었다. 조금 더 깊은 곳으로 갈수록, 바다색이 에메랄드 색에서 군청색으로 짙어지기 시작했다. 그리고 색이 짙어질수록 숨소리가 선명해졌다. 깊은 바다에서는 파도가 더 잔잔했는데, 그 고요함이 살을 천천히 저미듯 죄어 왔다. 그럼에도 방향을 뭍으로 쉽게 돌릴 수 없었는데, 깊은 바닷속으로 보이는 물방울들이 거울이라도 놓은 듯이, 어제 본 밤하늘의 별들과 같은 모양이었기 때문이었다. 장엄한 자연은 죽을 수도 있다는 공포를 쉽사리 잊게 했고, '깊은 바다에 빠져 다시는 돌아가지 못할 것이다.'와 같은 상념은 저 멀리 둔 채로, 그저 겸손하게 만들었다.

해변의 연인들이 휴가를 즐기는 모습은 다시금 S를 떠오르게 했다. 몇 번의 연애를 반복하며 상대의 변화와 나의 변화를 목격했던 경험은 '영원한 사랑'이 과연 가능한 것인지 질문을 던졌다. 인간은 영원한 존재가 아니므로 '영원'이라는 단어를 사용하기에는 적절치 않다. 단어를 바꾸어 '변치 않는 사랑'이란 가능한 것인가. 숙소로 돌아가는 길에 단란한 가족들을 지나며 나는 과연 결혼할 수 있을 것인가 생각한다. 결혼이 의미하는 바가 남녀가 정식으로 관계를 맺는 의례 혹은 계약을 의미한다면 그것에 '사랑'을 포함할 수 있는가. 만약 결혼의 형태가 한국에서 통용되는 '결혼'과 다르다면 가능할 것이라는 결론을 내렸다. 사랑을 포함하는 것 역시 가능할 것이다. 사르트르와 보부아르는 '계약 결혼'을 이루었다. 두 철학자의 계약 결혼에는 두 가지의 원칙이 전제되었다. 첫째, 다른 사람과 사랑에 빠지는 것을 서로 허락하는 것에 동의하였다. 둘째, 상대방에게 거짓말하지 않으며, 어떤 것도 숨기지 않겠다고 동의하였다. '사랑'을 담보로 계약을 어길 시에 사회적으로 매장되는 개인은 적어도 그 둘의 '계약 결혼'에서는 존재하지 않았다.

그에 반해 소주를 앞에 두고 친구들에게 듣게 되는 사랑 이야기와 늦은 밤 어머니에게 듣게 되는 주변 사람들의 결혼과 이혼 이야기는 이와 한참은 거리가 있었다. 친구 한 명은 남자들끼리 술을 먹던 도중 여자친구가 부른다며 소주 한 잔도 채 마시지 않고 도망가 버리는 놈이 있는가 하면 한 명은 연락을 잘 받지 않는다며 헤어지는 놈도 있었다. 얼마나 받지 않았는데 헤어지는 거냐며 물어보기라도 하면 한 시간이라는 대답은 부지기수였다. 어머니에게 듣는, 이혼한 사람들의 재혼과 바람이 나서 이혼하는 사람들의 이야기는 어머니 또래 여사님들의 심장을 뛰게 하는 이야기였던 것도 나에게는 이해할 수 없는 이야기임이 분명했다.

"사람과 사람이 사랑에 빠지게 되는 일은 얼마나 자연스러운가. 남성과 남성이 사랑하고, 여성과 여성이 사랑하고, 새로운 성을 가진 이들이 사랑하고, 자신의 반려 대상을 사랑하는 일은 극히 자연스럽다. 사랑하는 와중에 또 다른 사람과 사랑에 빠지는 일 역시 자연스럽다. 사랑은 계약이 아니며, 표현과 감정에 가까운 일이기 때문이다."라는 생각을 가진

채로 어쩌다 얼근히 취해 친구들에게 이런 이야기를 풀기라
도 하면 친구 놈들은 나를 미친놈 취급하기 바빴다. 그런 친
구 놈들이 하는 사랑을 보고 있자면, 새장 안에 갇힌 새와 그
새장 속에 있는 또 다른 새장에 닫힌 다른 새를 떠올리게 되
고, 또 원통 속에 갇혀 있던 거북이가 이마를 박아대는 그림
을 떠올리는 탓에 나는 나의 사랑을 걱정하고 있는 것이었
다. 그러다 한 친구가 "네 여자친구가 다른 남자와 놀아나도
넌 괜찮다는 거야?"라고 물어보기라도 하면 화가 머리끝까
지 나곤 했다. '놀아난다'라는 말에 '성교'의 의미를 담은 것
이 그 친구는 사랑의 기준을 성교라고 생각하는 모양새였기
때문이다. 사랑은 소유가 아니며, 자유로워야 한다고 몇 번
을 말해봐야 친구들은 비꼬며 흐지부지되기 마련이었다. 여
자와 관계를 갖는데 성공했다며 영웅담을 펼치는 친구들은
한심하기 짝이 없었다.

이런저런 상념에 해변을 걷다 보니 해는 벌써 떨어지고 있었
다. 샤워실은 작았다. 키가 그리 크지 않은 나도 어젯밤엔 몸
을 씻다가 어딘가를 계속 부딪힌 참이었다. 샤워기에서 분출
되어 몸에 맞고 떨어지는 물줄기들이 바닷물과 완전히 다른
원소로 느껴졌다. 그건 다른 물이었다. 내 손은 어깨 위로 팔
을 뻗으면 나의 견갑골을 만질 수가 없었다. 그래서 겨드랑
이 사이로 팔을 넣어 만져보면 나를 내가 껴안는 모양새가
되어, 견갑골이 느껴지기도 전에, 누군가 안아주는 듯한 느
낌을 풍겼다. 그렇게 만지는 견갑골은 만지고 싶던 견갑골이
아니었으므로, 어깨 위로 만지려고 온갖 애를 써보았으나,

결국 닿지 않았다. 등에 붉은색으로 난 손톱자국이 화끈거리기 시작하자 그만두었고, 물에 젖은 자지를 쥐어 잡고 흔들었다. 시작할 때는 C를 생각했고, 사정할 즈음엔 S를 생각했다. 배수구를 움켜잡고 탈옥을 원하던, 머리카락에 엉겨 붙은 액체와 고체의 사이의 그것이 눈에 들어오자, 다시 화끈거리기 시작했다.

도망쳐온 시간은 오늘부로 마지막이었다. 숙소로 돌아와 젖은 수영복을 말리기 위해 옥상으로 올라갔을 때 밤하늘은 어느새 짙은 검은색이었다. 그리고 의자에는 그 여자가 앉아 맥주를 마시고 있었다. 혼자서 먹는 술에 질리기라도 했는지 C는 말을 걸어왔다.

"니혼진 데스까?"

그 정도의 일본어는 알아들을 수 있던 탓에

"이예. 간고쿠진데스."

기대하지 않았던 대답에 선물 같은 대답이 돌아왔다.

"아 한국인이세요?"

그녀는 조금 취한 듯 보였다. 일주일 동안 한글을 보지도 쓰지도 않고, 말하지도 않았던 탓에 그동안 한국어가 눌렸다 터지기라도 하듯이, 대화가 오가기 시작했다. 혼자 여행하는 도망자에게 타국에서 만난 한국 사람은 어떠한 유대감을 느끼게 했다. 여행지의 감상을 나눌 수 있을 뿐만 아니라, 상대가 나를 전혀 모르던 사람이라는 점은 속 얘기를 꺼낼 수 있게 함과 동시에 거리를 순식간에 좁혀놨다.

C는 재일교포였고, 도쿄에서 대학을 다니던 도중 나와 비슷한 연유로 미야코지마에 혼자 내려온 상태였다. 한 달 동안 그곳에 있었다는 얘기와 함께 본인의 방에 있던 맥주를 내게 가져다주었다. 맥주의 캔이 늘어날수록 눈앞은 흐려졌다. 그리고 어떤 이야기를 해도 C는 들어줄 것이라는 확신 또한 갖게 되었다. C는 달변가인 동시에 경청가였다. 그래서 해변가에서 하던 생각을 쉽게 꺼낼 수 있었고, 긴 이야기를 마친 후에 C가 보인 눈빛은 한국인이냐는 C의 목소리를 처음 듣고 내보인 눈빛과 정확히 일치했다. C가 한 달 동안 마시기 위해 사두었던 맥주는 동이 났다. 칼날은 목덜미의 머리카락을 쓸며 흔들리고 있었고, 견갑골의 화끈거림과 같은 것이 목에서 느껴질 즈음에 C는 자신의 배꼽에 고인 정액을 손가락으로 훑어 내 입속에 넣고 있었다. 비린 맛이 났다. 그리고 시계는 새벽 네 시를 가리키고 있었다.

내일 한국으로 돌아가야 한다는 말을 꺼내기는 고역이었다. 밤은 환상적이었고, 목에서는 이미 피가 흐르고 있었다. 말을 꺼내자, C의 얼굴에 잿빛이 드리워지는 것을 보며 C 역시 나와 같은 기분임을 확신하였다. 그녀는 아침 6시에 일출을 보자는 제안을 걸어왔고, 아침에 바다를 보면 밖에서도 거북이를 볼 수 있다는 말을 덧붙였다. 나는 흔쾌히 승낙한 후, 잠을 자러 숙소로 들어왔다.

버스는 미야코 섬에서 항구가 있는 이라부 섬으로 잇는 이라부 대교를 건너가고 있었다. 왼쪽 손목시계는 10을 가리키고 있었다. 어제를 지울 수가 없었다. 그리고 대교를 반 정도 건너고 있을 때는 남기지 못한 쪽지의 내용이 한탄스러워졌다. 그 밑으로는 바다가 보였는데, S와 한강을 건너던 게 생각이 났다. 여긴 한강이랑 다르게 물이 얕고 투명해서 바닷속에 있는 것들이 꽤나 잘 보인다는 게 다르다면 다른 점이었다. 한참 바다를 보고 있는데, 돌이 파도에 휩쓸려 움직이고 있는 게 보였다. 돌이 계속 따라오네, 하고 있는데 뒤에 일본인들이 난리 치는 소리가 귀에 박혔다. 카메가 츠이테쿠루.

# 자궁을

# 가진 자의

# 시

채시원

2024. 05. 11.
비가 쏟아지는 오는 토요일 오후 3시.
정릉의 '청년밥상문간 카페'

―――――――――――――――――

시원, 준호, 담혜가 마주앉아 이야기를 나누고 있다. 둘의
바지 밑단과 하나의 치마 밑단은 힘껏 젖어있다.

**시원**   저 그리고 '고향 없음에 대한 공포' 얘기하던 거에
서 더 덧붙이고 싶은 게… 뭐랄까, '장소성이 없어
진다'는 얘기거든요. 이 얘기가 뭐냐면, 이 몸으로,
실제로 감각하는 공간보다, 사고의 공간 비율이
더 늘어난다는 건데요.

**준호**   네

**시원**   막 몸으로 느끼는 거, 즉물적인 거, 동물적인 거,
이런 세계는 점점 더 작아지고, 인간의 이성과 가
치가 지배하는 세계가 더 커지는 것 같아서. 개인
적인 경험으로는 이런 감각이 제 진짜 무서운 것
같아요.

노마드의 감각이 좋은 것이기도 하지만 뭐랄까.
떠돌아다닌다는 게 뭔가 … 몸에서 감각이 도망가
버린다는 느낌? 문자 그대로 '감각이 없어진다'는
걸 느낄 때가 있어요.

**준호**   근데 감각은 왜 자꾸 지키고 싶은 거야? 없어져도
되잖아.

**시원**   없어져 보면 알어. 그러면 딱 죽을 것 같거든.

**준호**   근데 안 없어져서 지금 살아있는 거잖아. 없어졌
다고 느끼는거잖아.

**시원**   근데 이제 '사람들이 자해를 하는 이유가 뭘까?'
생각해봐요.

**준호**    살아있다는 걸 느낀다?

**시원**    그렇죠. 자해라는 게 되게 큰 감각인 거잖아요. 자해를 했을 때 느낀 고통이 살아있음을 느끼게 하는 거죠. 그니까 그런 고통, 살아있지 않다고 느껴지는데 살아있으니까 고통스러운.

        그래서 그냥 이런 얘기를 해보고 싶었어요. 그게 아마 인간이 사고영역을 너무 과대하게 써서 그래서 그런 것 같아요.

**준호**    응. 지금만큼 이성이 큰 세대가 있나 싶기도 하고. 인터넷 커뮤니티 그러니까 DC 인사이드 FM 코리아 1시간만 서핑해도 본인이 말한 걸 바로 느낄 수 있을걸. 그러니까 너무나 뇌로만 생각하는? 누가 칼 들고 공무원 하라 했냐 칼 들고 경찰 하라 했냐 누가 칼 들고 수험생 준비하라 했냐 이런 것처럼 약간 근데 맞는 말이긴 하잖아.

**담혜**    그게 뭐예요?

**준호**    누칼협 몰라?

**시원**    몰라

**준호**    그러니까 누가 커뮤니티에 9급 공무원 너무 힘들다 찡찡거려 그럼 댓글에 "누칼협? (누가 칼 들고 공무원하고 협박했음?)" 달리는 거지. 그리고 또 "공부하는 거 너무 힘들다" 이렇게 말하면 그 공부하는데 "누가 공부하라고 칼로 협박함?" 이러고. 근데 그게 틀린 말은 아니잖아. 근데 그런 말이 의미는 하나도 없잖아. 뭐랄까, 진짜 감각이 죽은 거지. 감각이 죽은 말들. 뇌로만 생각하는 말 인거지. 지금은 약간 그런 게 거의 지배적이어서, 댓글들이…

**담혜**    기본적으로 공감이 없네요.

**준호**    그러니까. 쿨찐 되게 많아. 공감하기 싫어하는 것 같아. 그러니까 열등감과 질투 때문일 수도 있고 그게 또 이제 유행처럼 번지면서, 아닌 사람들도 이제 그 감각이 없어지는 데에 동참하게 되고 그럴 수도 있어.

**시원**    제가 말한 감각이 없어진다는 건 좀 다른 측면에서 말한 거긴 한데. 그냥 신체적인 '무감각'. 근데 고라니(신준호)가 말한 예시도 크게 보면 비슷한 결이네요.

**준호**    약간 옛날에 그런 게 있잖아. "그래도 고향 사람이니까" 이런 것처럼, 그 따뜻함이 있었는데, 요즘은 그런 게 아예 없잖아. 그러니까 막 그 지역감정을 말하는 게 아니라, 그냥 고향이 없으니까 이제 뭐 공감할 필요도 없고 그냥 따져줄 필요도 없어. 그냥 할 거 딱딱하면 되잖아. "우리는 도시인들" 이러면서 그런 느낌이 확실히 있긴 하지. 난 그걸 좋아하긴 하지만 근데 이건 약간 어폐일 수도 있다는 생각? 그걸 좋아하는 거 나조차도.

쏟아지는 빗소리 너머로 셋의 대화는 계속 이어진다.

문득 시원은 밖에 비가 온다는 것을 알아챈다. 그래, 물에 빠지는 것과 젖는 것은 완전히 다른 감각이었다. 늦봄과 초여름이 완전히 다른 세계인 것처럼.

그렇게 이어지는 시원의 시.

# 폐(廢)

목도리를 한 여자가 횡단보도 앞에 서 있다.

황색 점멸등 위로 흰 눈이 날린다.

여자는 달려오는 덤프트럭의 무게를 생각한다.


뛰어들고 싶어요


여자는 바퀴 아래 부서진 머리를 갈망한다.

마침내 상상통은 묵직해지고

생채기 하나 없는 몸


견딜 수 없는 권태로

여자의 폐 벽에는 흰 눈이 쌓인다.


살려주세요 숨이 안 쉬어져요


목도리 안에 갇힌 여자

흰 눈이 쌓여 굳은 여자의 폐(肺)

# 향(鄕)

우산을 쓴 여자가 횡단보도 앞에 서 있다
검은 아스팔트 위로 장대비가 쏟아진다
여자는 엄지손톱 옆에 붙어있는 살점을 뜯는다


뛰어들고 싶어요.


여자는 검은 호수 위로 발걸음을 옮긴다
마침 여자의 피부는 째지고
선홍색 핏방울의 비린내


번지는 삶의 감각으로
여자의 두 눈에는 짜고 비린 장대비가 내린다


내게 아가미가 있었어요.


우산을 끄고 신발을 벗는 여자
머리칼과 발바닥으로 귀향하는 선홍빛의 향(香)

2024. 06. 09.
그림자같은 하늘의 토요일 오후 1시.
에어컨 아래의 회의실

시원, 준호, 정우가 마주앉아 지난 한 주간의 리서치를 공유하고 있다. 준호는 '이야기'에 드러나는 불안을, 정우는 '사회학'적 시각에서의 불안을, 시원은 '미학'에 드러나는 불안을 찾아왔다.


**시원**   미술사에서 '불안'이라는 키워드가 제일 처음 나온 게 표현주의인 것 같아요. 그래서 제가 리서치해온 자료를 봐주시면, 제일 위에 있는 게 뭉크의 〈절규〉인데. 근데 저는 뭉크는 좋아도 〈절규〉를 그다지 좋아하진 않거든요.


**준호**   나도 〈절규〉 별로야.

**시원**   그니까. 왜냐면 나는 이게 별로 와닿지 않는 것 같거든. 오히려 저는 이런 그림이 좋아요. 〈마라의 죽음〉이라는 작품이고요.

**정우**   뭉크가 여자 몸 참 많이 그렸어요, 그쵸.

**시원**   (웃음) 네. 그리고 제가 아직 다 못 읽었지만 키에르케고르의 〈불안의 개념〉을 빌려서 읽고 있는데요, 여기서 말하고 있는 것 중에 '원죄를 갖고 있어서 생기는 불안'이 있어요. 근데 뭉크의 그림에서도 그런 이미지가 많이 드러나는 것 같더라고요. 여성이 나체로 긴 머리칼을 날리면서 등장하고 남성은 옷을 입고 있고. 이런 장면들. 는 여기서 아담과 이브의 이미지를 겹쳐 본 것 같아요. 은 근히 원죄의 책임을 여성에게 부과하는 듯한? 선악과를 먹자고 꼬시는 여성, 거기서 오는 '히스테리' 이미지 같은 것들. 그니까, 바로 그 당시의 미시적인 히스테리라기보다, 시간을 타고 축적돼서 지금 이 시대까지 넘어온 히스테리 이미지의 총체 같은, 그런 게 되게 잘 드러난다고 생각하고… 특히 〈재〉라든지 〈여자의 세 단계〉라든지 그런 이미지를 보면…

**준호**   끔찍해. 그래서 좋아.

**시원**  '히스테리 가진 여성'의 느낌을 많이 받았거든요. 그게 불안이랑도 이어지는 면이 있고. 물론 빈스방거 박사가 진단한 '히스테리아'는 이제 와서는 말도 안된다, 여성의 역사적 아픔이다, 이렇게 여겨지고 있긴 한데, 물론 의사가 그런 식으로 하는 건 폭력이 맞겠죠. 근데 저는 조심스럽지만 일부 동의하거든요. 근거는 없어요! 그치만 감각적으로. 자궁을 가진 존재가 갖는 특별한 불안이 있을 거라고 생각해요. 물론 남성도 '히스테리'라는 것과 동일하게 대응되는 '강박' 같은 걸 갖겠지만. 여기서 남성이란 게, 젠더Gender가 남성이든, 섹스Sex가 남성이든. 그건 잘 모르겠네. 뭐, '히스테라'가 자궁이라니까 강박은 남근으로 퉁칠까요? (농담입니다.)

**정우**  이런 그림도 있구나.

**시원**  저 정우님 처음 만났을 때, 강박자의 언표흐름과 히스테리자의 언표흐름이 다르다면서 도식을 하나 그려 주셨었는데. 그거 되게 재밌었어요.

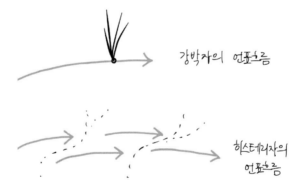

프로이트 식으로 얘기하면, 남성은 거세공포를 겪으면서 초자아가 견고해져서 무슨 유압프레스가 터지는 것 마냥 언표들이 한번에 폭발하는데, 반면에 여성은 거세공포를 겪지 않아서 초자아의 힘이 약한 거고, 그래서 그 언표들이 자주 새어나오는 식이라고. 뭐, 프로이트가 사짜긴 한데, 재밌잖아요.

**시원은 어느새 페이스를 잃고 자신이 하는 말에 잡아먹힌다. 스스로 불안을 쓰는 사짜가 되어보기로 한다.**

**시원의 시가 이어진다.**

# Hystera 1

버스 창가자리에 여자가 앉아있다. 여자는 팔꿈치를 창틀에 걸치고 햇살에 부유하는 먼지를 응시한다.

여자는 앞니로 자신의 엄지 손가락을 깨물고는 혀로 손톱을 만진다. 그녀의 혀에는 삭막함이 그녀의 손톱에는 이물감이- 창밖에서 떨어지는 햇살에는 관능이 있다. 그녀는 그 관능 아래서 자위전쟁을 치루고있다.

먼저 공격한 쪽은 햇살이다. 무한한 관능. 모든 생명의 기원. 무책임한 리비도의 파괴적 분출. 그녀의 두개골은 움찔거린다. 두개골 안쪽에 지긋이 눌려있던 뇌 곱창은 피를 딛고 일어나 제 몸을 더 꼬지 못해 안달이다.

그녀의 정신은 분산되어- 그녀는 더이상 참지 못하고 - 혀로 손톱을 핥으며- 손톱에 묻은 이물감에 죄책감을 흘리며- 최후의 반항이자 패배의 서막으로서- 자위하는- 그녀의 몸은 삭막하다.

# hysTera 2

나한테 흰 자궁이 있어
젖은 휴지가 녹아
그 형태를 잃기 전에
하얗게 울컥

사랑해

이건 참을 수 있는 게 아니야
심장 근육이 불수의근인 것처럼

그래서 나는 아주 작은 신발을 신어
그래서 나는 부은 발이 되는거야

기꺼이

불건강한 사랑이 시작되면 도망가버릴 단호한 사람아
오늘처럼 나의 자궁이 심상치 않거든 어서 도망치길
불건강의 늪에서 양지의 건강함으로

hystera 3


그래 나는 히스테리아 환자요

나는 내 질병의 결과들을 무대 위로 올릴 것이고

그 무대는 부은 발들의 환우회가 될 것이오

그리고 내 단언컨대 그 환우회에는 당신도 올 것이오

당신의 살이 내 눈을 보고는

마침내 물을 터트리고 말 것이오

# hYstErA 4

알 수 없 는 시 간 의 벽

깜짝이야 오해마세요 당신입에서나올말을내가미리알
고있는것은당신을사랑해서가아닙니다 걱정마세요 나
도언제부터이런덩쿨이내입속에자리잡은것인지모릅
니다 넝쿨이그녀의혀를조종하면나는놀랍니다 우리의
입에서정말로그말이나오는것을보면나도놀라요  버스
가덜컹이고발이부으면당신의뇌곱창은피를딛고일어
나춤을춥니다

종 이 가 방 에 볼 링 공 을 넣 으 면 가 방 은 터
져 버 리 고 말 지

당신도깜짝놀랐죠  또울컥하고쏟았네요  미안합니다
우리는한몸이되어다시또그녀의몸안에모였네요  시끄
러운햇빛아래삭막한그녀의불건강이너무단단합니다
그래서그녀는평생그가될순없나봐요  조명이켜지고버
스가덜컹이고햇살이무한해요  축축하고하얀시간을그
리워합니다 다름이아니라너무삭막해서요

같은 날, 세 사람의 대화가 계속 이어진다.

**시원**  그리고 말하고 싶었던 게 오늘날의 숭고와 불안의 연관성인데요.
제가 어느 수업에서 토론을 하는데 '이 시대의 숭고는 무엇인가', '낭만주의의 숭고를 보면서 과연 지금의 사람들이 숭고를 느낄까' 이런 토론을 했어요. 그래서 이때 나왔던 게 마크 로스코 그림들인데요. 색면 추상이요. 제가 너무 좀 하찮게 pdf 파일로 가져오긴 했는데, 이게 원래는 굉장히 커다란 캔버스에 그려진 그림이거든요. 어떤 사람들은 여기 이 그림 앞에 계속 서 있으면서 눈물을 흘린다고 해요. 눈물을 흘리고 싶은 마음으로 가면 울 수 있는 건가? … 무튼 저는 이게 이 시대의 숭고가 될 수 있는 이유를 분석해볼 수 있을 것 같거든요.

**준호**  내가 제일 싫어하는 거.

**시원**  이거 왜 싫어해요?

**준호**  그냥 그런 느낌의 추상은 별로.

**시원**  근데 이건 실제로, 그 물질성을 가진 걸 보면 또 다를걸.

**준호**  그럴지도. 근데 크기가 중요한 것 같아. 작은 건 몇 개 봤어.

**시원**  그럴 수 있어, 그럴 수 있어. 그러니까 크기 때문이든 뭐든 압도가 있을 것 같고.

돌아와보자면, 낭만주의 시대는 18-19세기니까. 그 시대에 일상에서 갖는 정보량은 지금 이 시대에 가진 정보의 양과 비교했을 때 정말 작잖아요. 그니까 엔트로피가 큰 대상, 광활한 자연, 이런 구체적이고 장엄한 것들이 숭고하게 느껴질 거라고 생각해요.

**시원**  근데 지금은 뭐, 이미 머릿속에 들어있는 것도 그렇고 정보가 넘쳐나니까. 사람들의 생각이 막 엄청 비대해져 있는데, 그럴 때 오히려, 극도로 단순화되어 있고 굉장히 추상적인 것을 맞닥뜨리면, 오히려 또 다른 낯선 감각을, 평소에는 도달하지 못하는 감정까지 갈 수 있을 거라는 거죠. 감정을 투영할 수 있는, 비어있는 대상으로 여기게 된다, 라고 해야 하나?

아무튼. 오히려 이 시대의 숭고는 이렇게 정보가 과다하게 느껴지는 쪽이 아니라. 오히려 아무런 정보도 주지 않고 감흥을 만들어내는 그런 그림이 아닐까 해서. 이런 게 이제 '이 시대의 숭고'고. 이게 어떻게 보면 어떤 측면에서는 불안을 눌러주는 그림이기도 하다, 느꼈어요. 과한 정보가 불안을 만드니까, 그걸 좀 죽여주는 단순함이랄지 평안이랄지. 그런 거. 펑펑 울고나서 카타르시스 나오는 그런 느낌.

**준호**  숭고에 대한 생각 좀 떠올랐는데. 뭐냐면 느낀 게 '이 순간이 난 끝날 것 같다'는 불안이 되는 좀 크다 생각을 했거든. 너무 아름다우니까. 그런 식의 그런 구조를 최근에 많이 읽고 있는데. 일본 약간 맨헤라들이 좋아하는 만화 같은 것들 있잖아요. 혹시 〈잘자 푼푼〉 같은 거 아시나요?

**정우**  알죠.

**시원**  알아요.

**준호**  근데 그게 맨헤라를 가장 괴롭히는 이유가 뭐냐면, 너무 좋은 순간을 갖다 넣어놓고 그걸 즐기게 한 다음에 끔찍하게 망가지는 걸 엄청나게 길게 잡거든요. 최고의 희열을 줘놓고 그걸 싹 다 망가뜨리는 방식으로 많이 하는데, 난 그게 약간 어찌 보면 숭고미라고 보는 것 같아. 현실에서 그런 '이상함'을 느끼기 힘드니까.

무튼 망가뜨리는 방식으로 희열를 주는데. 그것도 하나의 숭고미로 작용하고 있어서 컬트적인 인기를 끌고 다양한 감각을 주고 있지 않나 생각이 들어요.

그러니까 너무 망가뜨리기 힘든 '너무 좋은 순간'을 줬는데 그걸 너무 끔찍하게 합당하게 망가뜨려 버리니까. 그러니까 다들 알고 있겠지. 이 순간이 영원하지 않다는 걸.

저는 그러니까 채시원식 현대 숭고는 추상이지만, 신준호식으로 보자면 그런 파괴적인 것? —물론 상업적이고 상업적일 수 있는 방식으로 소모되고 있지만— 그런게 아닐까 하는 생각이 들어가지고.

**시원**  그죠. 그건 어찌보면 플롯이고, 저는 그게 시대를 숭고하게 관통한다고 생각해요. 숭고의 원천이 공포라면 그건 이제 낭만주의 시대에도 먹혔을 그런 거죠.

**준호**  그렇지.

**정우**  숭고가 무슨 뜻이죠?

**시원**  어렵네요. 제가 이해하고 있는 건 섬뜩한 거? 그리고 일상에서 좀처럼 닿을 수 없는?

**준호**  저는 너무 완결한 순간을 숭고라고 생각하는 것 같아요. 뭔가 투입되면 안 되는 완결한 그러니까 성모 마리아가 그러니까 흔히 옛날에 예수님이 기도하는 장면을 숭고하다고 봤다면, 저는 그 완벽한 순간이라고 생각하거든요. 그 순간 자체가 1초라도, 0.001초라도.

불안—숭고—아름다움 사이에서 셋의 이야기가 꼬리의 꼬리를 물며 몇 번이고 첫 물음으로 회귀한다. 불안은 건져 올릴 수 없이 깊고, 숭고는 뽀얀 안개 너머로 멀다. 그리고 아름다움은, 아름다움은 …

시원은 잠시 준호와 정우의 대화가 오가는 속에 말 없이 머리를 식히다가 어느 인상 하나를 포착한다. 언제나 그렇듯 언어의 사고가 작동하기 전, 시원의 몸은 그 인상이라는 것이 그녀가 찾던 그것임을 그렇게 먼저 '안다'.

그렇게 이어지는 시원의 그것.

# 나의 향수와 너의 체향이 섞일 때

사랑의 과정은 마치 애도와 같아서
사랑의 순간 그 깊은 곳에서 서로 눈을 맞추면

예정된 이별의 깊은 슬픔 속에
아득한 맺음말을 만나 한없이 서글퍼지지

그러다 문득 미래를 내던지고 바로지금여기만을 살피면
우리는 비로소 너와 내가 되어 단단해지는걸

## 숨은 여자

난 무대 위에서 춤을 추는 한낮의 무용수란다
넌 객석에 앉아 파란나비처럼 또 울겠지

난 널 발견하고
너와 같은 표정을 할거야

우린 춤추는 마음으로 눈을 맞추겠지
영원히 춤추며 이름속에 서로를 부르며

그래 얼마 안가 극장불은 꺼지고 넌 떠나가
난 여기에서 파란나비처럼 또 춤을 춰

난 여기 홀로 파란나비처럼 또 춤을 춰
불 꺼진 극장에 파란나비처럼 혼자 남아

휴대폰 기본 카메라를 통해 접속하시면
'숨은여자'에 멜로디를 입힌
오디오를 들어보실 수 있습니다.

2024. 05. 25.
화창한 토요일 오후 1시.
에어컨 아래의 회의실

---

시원, 준호, 정우가 마주앉아 초콜릿을 까먹으며 이야기를 나누고 있다. 이들은 쉴 틈 없이 이어지는―마치 체스경기같은―대화에 조금 지쳤지만 어느 때보다 기쁜 듯 보인다.

**시원**   우리 세대는 '세대를 묶어주는 공통된 무언가'가 없다고 해야 하나? 뿌리의 감각이 없다? 세대의 이념 같은 것 – 개개인의 자아도 없을 뿐더러 – 세대 자아가 없다.

**정우**   왜 자아가 없죠? 엄청나게 명징한 자아들이 있는데. 완전 캡슐 안에 들어가 있는데.

**시원**   음, 그쵸. 네. 이건 그냥 저의 개인적인 감각이고 어떤 근거도 없어요. 그치만 이렇게 얘기해볼까요? 문득 근대 주체가 생겼다는 것이, 굉장히 좋으면서도 어떤 면에서는 굉장한 비극이라는 생각이 들었어요. …그래서 대충 제 감각을 믿고 말하자면, '세대 자아가 없다'는 것도 우선은 이 흐름에서 나온 것 같거든요. 단독자가 될 수 있으리라는 희망과 함께 단독자가 되어버린 비극이 함께 밀려온다…? 세대를 묶어주는 어떤 하나의 무언가가 없어서 그게 그냥 불안이 되어버린 게 아닌가 그런 생각이 들었어요.

**정우**   네.

**시원**   옛날에 비해 세대가 가진 목적성이 없다고 얘기해야 할까요? 저희 엄마 아빠 세대가 '민주화'라고 하면, 우리 할머니 할아버지 세대는 '산업화'고. 그런 식으로 이제 딱 묶이는 뭔가 있잖아요. 근데 지금 이 시대에는 뭐가 있지? 이 시대의 세대 자아는 어쩌면 불안 속에 부유하고있는 게 아닐까 그런 생각도 들어요. 묶이고 싶은데 묶일 수가 없고, 또 고유하고 싶은데 완벽히 고유할 수도 없는…

**정우**　연결 불가능성.

**준호**　근데 나는 단독자가 이제 거의 없다고 생각하는데. 아니 그냥 원래 단독자란 게 존재할 수가 있나?

**시원**　진짜 단독자가 생겼다기보단 그 개념이 생긴 거죠. 유령이라는 건 없지만 유령이라는 개념이 있기 때문에 유령이 있다고 믿는 사람들이 있잖아요.

**준호**　근데 개체랑 단독자는 다르잖아.

**시원**　그렇죠.

**준호**　그럼 개체라고 하는 게 더 맞지 않나?

**시원**　그럴지도 …. 솔직히 '단독자' 개념도 두루뭉술하지만. 대충 제가 뭉뚱그려 이해한 키에르케고르식의 실존이라 치고 말할게요.

저는 그렇게 생각하거든요. 일단 저는 단독자를 꿈꾸는 것 같고, 사람들도 조금씩은 '단독자'라는 걸 꿈꾸는 것 같아요. 내가 대체될 수 있을 거라는 불안. 누군가 내가 정말 사랑하는 사람이 나를 대체할 수 있으리라는 생각에서 오는 불안 같은 게 있으니까. 대체될 수 없이 고유한 상태, 또 결국 혼자여도 괜찮은 상태, 뭐 이런 것들을 원하는 경향이 분명히 있다고 생각해요.

**정우**　거기에 있어서는 저 같은 경우에는 완전히 엑스.

**시원**　다른 생각이라면 말씀해 주세요.

**정우**　완전히 사회적이다. 단독자 개념이 생산됐다. (자본주의 사회의 목적을 위해서.)

**시원**    음, 그런 면도 있겠지만, 저는 이게 시대 흐름과 유기적으로 작용하면서 그렇게 되었다는 생각이 드는데. 예컨대 근대 미술이라는 건 근대의 발명품이라고 불리죠. 미술이라는 개념 자체가 발명됐다. 그래서 저는 미술이 발명되었다는 것과 같은 맥락으로, 근대 주체가 발명되었고 그래서 단독자라는 개념도 발명되었다고 이야기되는 것 같아요.

**정우**    그렇죠. 그건 맞죠.

**시원**    근데 그게 이제 '어떤 의도를 가지고 담론으로 생산이 된 것이냐?' 하고 봤을 때는, 물론 그렇게 하고자 하는 사람들도 있었겠지만, 애초에는…

**정우**    좀 자연발생적이다?

**시원**    네. 그런 부분도 일부 있겠다, 그렇게 믿고 있어요. 무튼 돌아오자면, 저는 이런 문제를 느끼고 있거든요. 음, 굳이 언어화 해보자면요, 지금 시대적인 인상은 이렇단 말이죠. "비대해진 이성과 그리고 그거를 지탱하지 못하는 너무 빈약한 몸, 뿌리." 그래서 그렇고 그런 뿌리를 좀 꺼내보고 싶어요. 여기에 뿌리가 있었구나!

시원은 문득 정우와 준호가 입은 하와이안 셔츠가 비슷해보이지만 각각 다른 패턴을 가졌음을 발견한다. 준호의 것은 디자인같고, 정우의 것은 회화같다. 하나는 사람이 그린 것이고 하나는 인간이라는 동물이 그린 것만 같다.

잠시 적막.

매미소리가 멀다.

그리고 이어지는 시원의 시.

# 자화상1

아이는
꽃나무 화분을 제 손바닥 위에 올려두곤
꽃이 제 아가리를 벌리길 기다린다

아이의 작은 손바닥 위에서
거대한 꽃나무 화분이 위태하다

꽃나무의 비대한 줄기는 아이를 뒤덮는 그림자를 양산하나
뿌리는 제 뒤엉킴 작용으로 소멸하기 직전이므로

아이는 꽃이 피지 않을 것을
피부를 떠난 감각으로 안다

태초의 울음부터 뒤엉키던
고향없음으로 분산되는

남은 것은
하혈하는 나무 아래
납작 엎드린 산

응
대단한 회화가 되겠더라고

# 자화상2

어른이 된 아이는

매일 맨몸으로 옷을 입은 인간들 사이를 비집고 지나다닌다


여린 살이 긁히니

다리 사이로 흐르는 혈은 뒤집힌 꽃나무를 그려서


피 흘리는 걸 들키면 안돼

죽은 아이를 들키면 안돼

이 축축하고 흉측한 걸 품은 나를 들키면 안돼


이제는 보송하고 매끈해진 산이

내 아래 납작 엎드린다


그래

하혈하는 내 몸이 그 모든 경작과 가축을 망친다면

내 기꺼이 하혈하리니

지난 날, 프로이트의 『문명 속의 불만』을 읽고 이런 메모를 했다.

성장은 항상 선일까? 가진 자원이 유한하다면 어떤 성장은 어떤 퇴보를 …

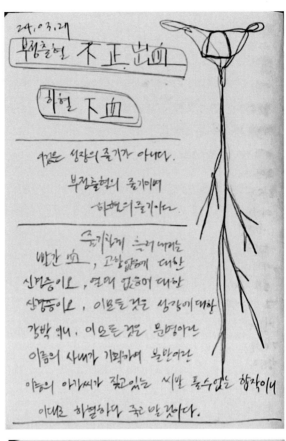

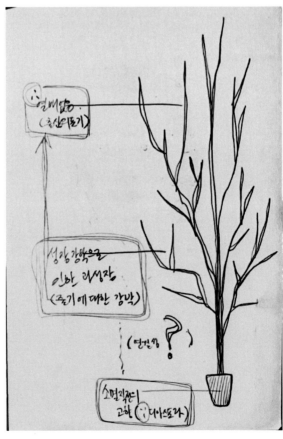

# 담뱃불이 문제야

채승병

2024.08.27.
미적지근한 밤공기의 화요일 오후 9시.
어느 가정집의 부엌 식탁

---

승병, 시원은 앉아서 네모낳게 잘린 수박을 콕콕 집어먹으며 이야기를 나누고 있다.

승병의 앞에는 아이패드가, 시원의 앞에는 노트북이 놓여 있다. 두 사람 모두 조금 피곤해보인다.

**승병**  네가 다른 세대, 기성세대의 불안을 말하길 바라는 것 같아서.

**시원**  꼭 안 그래도 되는데. 그냥 아빠 이야기 써도 되는데.

**승병**  아빠 생각에 불안에는 두 종류가 있는 것 같아. 하나는 미래가 어떻게 될지 몰라서 불안한 거 –그게 너네 젊은 세대의 불안이겠지– 그리고 또 하나는 어떻게 될 지 예측이 돼서 불안한 거. 지금껏 겪어온 걸 토대로 생각해봤을 때, 행동의 결과가 예상돼서 불안한 거야.

**시원**  예측이 돼서 불안하다고? 예측이 되는데 불안해?

**승병**  응. "내가 어떻게 했기 때문에 어떻게 될 것이다" 하는 생각을 갖게 되는 거지.

**시원**  내 행동의 결과로 나쁜 미래가 올까봐 불안한 건가?

**승병**  응. 그게 죄의식이랑 연결이 되는 것 같아.

**시원**　그럼 사회 구조적인 문제도 있는 건가? 어떤 문제의 원인이 사회의 구조 때문인 거지, 사실 개인이 가질 죄의식이 아닌데 결과적으로 그렇게 되는…

**승병**　뭐, 그럴 수도 있고.

**시원**　음.. 아무튼 아빠는 아까 말한 대로 '어떻게 불안과 조우해나갈 것인가?' 이걸로 소설을 쓴 거야?

**승병**　그러려고 하긴 했는데.. 잘 모르겠다. 아빠는 사람을 잘 이해하지 못해. 대신 상황과 환경은 어느정도 이해하지만.

**시원**　음. 역시. 그래서 그런 공간구조같은 묘사들로 불안을 간접 표현한 거구나. 그럼.. 아빠는? 불안을 어떻게 대하는데?

**승병**　도망가고,

**시원**　도망? 불안으로부터 도망가기?

**승병**　회피하기?

**시원**　응..

**승병**　기다리기.

**시원**　기다린다는 건 무슨 말이야? 나쁜 미래를 겸허히 받아들인다, 이런 거?

**승병**　아니 그런 건 아니고, 나쁜 미래는 올 수도 있고 안 올 수도 있는데, 안올 수도 있다는 걸 기대하면서 기다리는 거지.

**시원**　그건 시간이 흐르니까 당연히 하게 되는 거잖아.

**승병**　그냥 손 놓고 기다린다는 게 아니고. 기다리면서 할 수 있는 걸 한다? 나쁜 미래를 피할 수 있게 최선을 다한다.

**시원**　아, 그거. 나는 엄마한테 그거 배웠는데.

**승병**　엄마한테 배웠어?

**시원**　그 왜 있잖아. 내가 시험공부를 하나도 안 한 채로 시험을 봐야 하면 얼마나 불안하겠어요. 근데 막상 시험을 보러 가면, 우선 시험시간 동안에는 그 자리에 앉아있어야만 하는데. 그 시간이 끝나기를 기다리면서, 거기서 내가 할 수 있는 최선의 노력을 하는 거. '문제 속에 답이 있다' 생각하면서, 그걸 믿으면서 최대한 문제 꼼꼼히 읽고, 생각하고, 그렇게 시험 시간이 끝날 걸 기다리면서 덜 나쁜 미래를 만드는, 그런 거.

**승병**　음, 그렇게 기다리는.. 그리고 이건 아빠가 이거 쓰려고 스터디를 좀 했는데, 혼자.

**시원**　아빠가 쓴 거야?

**승병**　그럼.


승병은 아이패드의 화면을 돌려 시원에게 문서 하나를 보여준다. 시원은 이게 '아빠가 쓴 글'이라고 하니 어딘가 마음이 이상하다. 반면 승병의 얼굴은 담담하다.

승병의 메모가 이어진다.

# 《 스터디 》

## 1. 경제적 불안

노동시장에서는 전통적 산업구조의 개편(생산 -> 생산의 생산)으로, 중장년층은 그간 근무하던 직장에서 자리를 잃고, 장기 근속이 불가능한 비정규직 시장으로 편입되어 단기근무, 낮은 보상의 근로조건을 받아들여야 하는 상황에 놓이게 되었다.

자녀와 노부모세대를 부양해야 한다는 압박감에 대비하여, 기존의 주류 노동시장에서 밀려나면 회복 불가능하다는 경제적 압박감은 깊은 불안감으로 작용하여 자존감과 자신감의 상실로 이어진다.

유일한 탈출구였던 "창업"이라는 자영업의 기회는 세계화와 빈부 격차의 가속화와 중산층의 몰락이라는 변화의 물결 속에서, 골목상권에 까지 파고든 자본의 힘 앞에 소자본과 자영업노동자의 삶도 무력화 되고있다. 극단의 경제적 불안은 가정이라는 가장 안전해야 할 기초사회를 붕괴시키고 그 구성원들을 원치 않는 삶으로 해체시켜버린다.

다행히 일정규모의 자본을 축적한 자본가들과 아직 중산층의 영역에 머물 수 있었던 운 좋은 일부는 당장은 그들의 삶을 유지할 수 있지만, 은퇴준비까지 성취한 몇몇을 제외하곤 축복일 수 만은 없는 연장된 기대수명의 미래를 불안으로 맞이할 수 밖에 없게 되었다.

채 승 병 ― 담 뱃 불 이 문 제 야

## 2. 사회적 불안

경제와 군사적 패권주의가 팽배해지는 상황속에 자국중심주의가 강화되는 국제 정세, 자본주의의 심화에 따라 은밀하게 작동하는 계급 계층의 강화, 정치적으로 이용되어 강화되고 있는 세대간 갈등과 젠더 갈등,

이렇게 다각화되는 갈등 구조의 심화는 사회적 불안을 야기하고 있으며, 이는 미래를 위한 자본의 투자 감소 뿐 아니라 그간 산업사회에서 중요시 여겨졌던 전문성의 강화와 성실과 근면이라는 삶에 대한 태도의 가치를 무너뜨리고있다.

반면, 사회 권력화된 집단들은 사회적 불안의 심화를 이용하여 그들의 권력을 더욱 공고히하고, 집단의 헤게모니를 장악한 일부만이 그 권력을 이용하여 주체적 권력으로 올라서게 된다. 불안에 잠식된 대중은 권력화된 집단의 울타리에 들어있는 것만으로 일말의 안도감을 느끼게 되는데, 사회화된 권력의 하부구조가 되는 길을 스스로 선택하게 된다. 중장년층은 자신들이 만들어온, 한때는 사회를 혁신했지만 이제는 사회적 소명을 다한, 권력집단이  다른 권력집단에 부정되는 것을 막기위하여 사회적 가치보다 권력을 획득한 일부에 맹종하게 된다. 이는 자신들이 살아온 삶의 가치를 인정받고 싶고, 부정당하기 싫은 심리에서 기인한다고 할 수 있다.

## 3. 신체적 불안

중장년층은 충만하게 활동적인 건강상태로부터 노쇠해지는 신체적 변화의 과정을 받아들이며 살아가는 시기이다.

청년층은 신체 조건의 증진과 계발을 위해 미래에 투자하는 시기였다고 하면, 중장년층은 노쇠화를 어쩔 수 없는 것으로 받아들이며, 극단적인 건강악화를 막기위해 더 많은 시간과 비용을 투자한다. 그럼에도 주위의 지인들이 건강을 잃으며, 심지어 죽

음에 이르게 되는 현상을 목도하며 살아가게 된다. 이러한 경험의 축적은 자신의 건강악화와 죽음을 생각하게 되고 자신도 언제고 그럴 수 있다는 직접적인 불안을 갖게 된다.

부정적 가능성을 받아들이며 동시에 거부하는 자세는 그 가능성에 대한 불안을 넘어서 그로 인해 파생되는, 자신이 책임져야 한다고 생각하는, 영역에 대한 불안으로 확장된다.

## 4. 불안을 대하는 태도

기성세대는 청년세대의 불확실한 미래에 대한 막연한 불안감과는 약간 다른 불안감을 가지고있다. 이는 사회가 자신을 어떻게 받아들이는 가에 대한 불안감이라기 보다는 스스로 만들어 놓은 사회시스템에서 내가 자리하게 되는 위치가 어떻게 변할 것인가에 대한 상상가능한 가능성에 기인한다고 할 수 있다.

자신의 위치가 사회적 시스템의 평가결과임을 알기에 어느 정도 막연한 예상과 수용을 할 수 있게 되며, 그 결과의 원인이 자기자신에게만 국한된 것이 아닐지라도, 자신의 선택에 의한 결과임을 인식하고있다. 이 때문에 이들의 불안은 청년들의 눈에 보이지 않기 때문에 갖게 되는 불안감과는 달리, 어떤 결과로 이어질지 예측 가능하지만 그 굴레를 벗어날 수 없다는 데 따르는 절망에 가깝다.

# 담배불이 문제야

끈적끈적한 공기가 A가 앉아있는 좁은 공간을 가득 채우고 있었다. 기계 소리가 웅웅대고, 창문하나 온전하게 뚫려있지 않은 어두컴컴한 보일러실 한켠의 좁은 작업실은 두세 사람이 겨우 앉아 작업할 수 있는 정도의 협소한 곳이었다. 선풍기 몇 대로 버티고 있는 8월의 뜨거운 열기는 작업자들을 지치게 만들고 있었는데, 간간히 가동되고있는 보일러와 배기휀의 열기는 이 좁은 작업공간을 더욱 푹푹 찌게 만들고 있었다.

"뭐 하는 겁니까? 작업지시서를 이렇게 만들면 어떻게 해요?"

쇳소리같이 쩡쩡거리는 젊은 작업반장의 목소리가 기계음을 뚫고 귀에 꽂혔다. 그 때문이었다. 습하고 더운 작업실의 더위 때문에 이마에서 흐른 땀이 뺨을 거쳐 턱밑으로 흘러 책상 위의 서류를 적시고 있었다. 평소에 늘 땀이 많던 A는 서류를 적시고 있는 줄도 모르고 자신이 하던 작업에만 몰두하고 있었던 것이다.

"여기, 작업실이 너무 더워서 이렇게 된 거잖아요. 땀이 이렇게 흐르는데, 선풍기 한두대로 어떻게 버티나?"

아무리 많이 보아도 어린 띠동갑은 되어 보이는 작업반장을 향해 A는 툴툴거리는 목소리로 불만을 늘어놓았다.

" 그럼, 일을 못하겠다는 겁니까? 못하겠으면 그러시던가.
A씨 아니고도 일할 사람들은 많아요. 가뜩이나 힘도 없고 눈

도 침침한 양반을 데리고 일하기 힘든데. 누구는 같이 일하고 싶어서 데리고 있는 줄 아세요?"

A는 문을 열고 나왔다. 비 그친 지 얼마지 않아 후끈거리고 끈적거리는 한여름의 공기였지만 이렇게 바깥 공기를 쐬지 않으면 견딜 수가 없었다. 이곳은 문을 열고 나와 계단을 몇 바퀴를 돌아야 밖으로 나갈 수 있었는데, 그나마 건물 뒤편의 골목길과 연결되어 있었다.

번쩍이는 간판과 조경수로 장식된 대로변과 달리 지저분한 시멘트가 노출되어있는 고층 건물 뒷켠의 좁은 골목이었지만 A는 이렇게라도 숨을 한번 고르지 않으면 더 이상 호흡도 하지 못할 것만 같았다. 어둡고 퀘퀘한 냄새가 나는 뒷골목의 바닥은 얼마 전까지 내린 빗물이 빠지지 않아 웅덩이를 여기저기에 만들어 놓았던 것이다.

A는 담배를 피워 물고는 고개를 숙이고 물웅덩이를 바라보고 있었다. 아니 정확히는 물웅덩이에 비친 옆 건물을 응시하고 있었다. 얼마 전까지 넥타이를 매고 부장으로 근무하고 있었던 옆 건물 17층 사무실의 창은 대낮인데도 창가에 켜진 밝은 불빛으로 아련히 반짝이고 있었다.

그 골목은 A가 기지개를 켜고 숨을 고를 만한 장소는 아니었다. 도시의 높은 콘크리트 더미들은 그것들이 만들어 낸 좁은 도시공간과 함께, 사람들을 짓누르고 있었고, 하루 종일 햇빛이 들지 않는 뒷골목은 물곰팡이 냄새가 진동하고 있었다.

63세라는 법적 정년퇴직 기준 때문만은 아니고, A의 가장으로서의 위치가 아직은 은퇴를 선택할 수 있는 상황이 아니었다. A는 경기의 여파로 퇴직 후 반년 전부터 건물유지관리 업체에서 일해오고 있었다. 중견기업의 인사관리 팀에서 일해오던 A였지만, 그는 인생의 2막을 그간 자신이 일해본 적 없는 건물 유지관리분야를 선택했다. 몸으로 땀 흘리며 일하는 것을 좋아하고 노동의 가치를 중히 여기던 그로서는 자신에게 잘 맞는 일이라 생각했다.

그러나 유지관리 업무라는 것이 그리 녹록한 일이 아니었다. 건물 구석구석을 돌아보며 살피는 일부터 시작해서 각종 설비의 운전관리, 건물을 사용하는 사람들의 다양한 민원 문제 등 신경써야 할 일이 한 두가지가 아니었다. 게다가 반복적으로 둘러보고 확인하여야 할 시설물의 범위도 방대하여 이를 둘러보는 것만으로도 이제는 힘에 겨웠는데, 경비 절감이라는 명목 하에 전문업체에서 처리하던 수리 업무와 보수 업무도 이렇게 비좁은 작업실에서 처리해야 했다. 제법 기초체력도 필요하고 흔히들 얘기하는 짬밥도 필요했다. 체력도 뒷받침되고 현장 경험도 있는 젊은 사람들의 사이에서 하루하루 일하는 것이 쉽지만은 않았다. 단순히 젊은 작업반장에게 자존심이 상해서만은 아니었다.

그도 안다. 작업반장의 말처럼 나이가 들어 체력도 집중력도 떨어진 지금, 이 정도의 일도 쉽게 능숙해지지 않는 그다. 새로 시작한 이 일에서 그는 더이상 이사회의 시니어도, 베테랑도 아닌 신출나기일 뿐. 능력 미달의, 나이 든 '미숙 직장인'일 뿐이다.

반대편 출입문 쪽에서 용역원 C가 반갑게 인사를 건넸다. 얼마 되지 않았지만 이곳에 근무하는 동안 A는 친절한 청소용역원 C씨와는 친근하게 인사를 하며 지냈다. 휴식시간이면 잠시 하역장 근처에서 만나 음료수를 함께 마시며 이런저런 이야기를 나누며 시간을 보내왔다. 이곳에서 유일하게 마음을 나눌 수 있는 사람이었다. 하지만 오늘은 C와 이야기를 나눌 기분이 아니었다. 간단히 손을 흔들어주고는 주머니에 손을 넣었다.

담배를 피워물고 이런저런 생각에 잠겨있는 동안 물웅덩이의 물을 튀기며 택배차가 하역장을 향해 지나쳐 갔다. 하역장은 예의 매캐한 냄새를 풍기며 고장난 조명으로 껌뻑이고 있었다. 바지에 튀긴 물 때문에 미간에 주름을 만들고 있을 때, 주머니 속의 핸드폰이 진동하며 허벅지를 간지럽혔다.

"애비냐? 날 더운데, 어떻게 점심은 먹었냐? 집에 전화했는데 애들이 집에 없는지 전화를 안받네."
"네, 저는 점심 먹었구요. 집에 애들은 각자 일이 있어 나갔겠죠. 밖에서 일하는 제가 어떻게 알겠어요.?"

심기가 불편했던 A는 마침 걸려 온 아버지의 전화에 퉁명하게 대꾸했다.

"점심은 드셨어요?"
"아니, 아직…. 배가 안고파서…."
"아니, 지금이 몇신데 아직 점심을 안드셨어요? 제때 끼니를 챙겨 드시지않으니까 자꾸 속이 쓰리죠. 매일 속 아프다고 하시면서.... 그런데 집에 전화는 왜 하셨어요?"

"그게, 어제부터 소화가 안돼서 엊저녁부터 끼니를 못 먹었어. 병원에 한번 가보려고 하는데, 지난번 넘어진 것 때문에 발목이 아파서 혼자는 못가겠더라구. 애들 있으면 함께 병원에 좀 다녀올라구 전화 했더랬지."

" 많이 안좋으세요?"

"아니, 많이 아픈건 아니구. 먹으면 소화가 안되고 더부룩한 게 꼭 체한거 같이 그렇네."

툭하면 아프고, 근무 시간에 전화해 이런 이야길 하는 아버지 때문에 은근히 짜증이 밀려왔다. 밖에서 일하는 자신이 이런저런 집안일, 자신을 제대로 돌보지 않던 부모님의 건강, 이제는 다 큰 자식들의 생활까지 챙겨야 한다는 것이 불현듯 짜증으로 다가왔다. 그렇지만 그보다 지난번 치료했던 위암이 다시 발병했을지 모른다는 생각에 걱정이 앞섰다.

"그러면 제가 이따 좀 빨리 퇴근하고 들를테니까 저녁에 함께 병원에 가요."

A는 전화를 끊고 마음이 급해졌다. 빨리 퇴근 하려면 하던 작업을 마쳐 놓아야 한다. 피우던 담배를 급히 하역장 옆의 쓰레기통에 던지고 작업실로 향했다.

턱 끝에는 땀방울이 쉬지 않고 떨어지고 있었다. 서둘러 일과를 마치기 위해 A는 자리에 돌아와 작업에 몰두하고 있었다. 땀방울을 밑으로 떨어뜨리지 않기 위해 타올을 목에 둘

렀지만, 좁은 작업실의 기계 열기로 땀방울이 멈추지 않았다. 부모님에 대한 걱정으로 빨리 퇴근해야겠다는 생각 뿐이었다. 걱정은 가득했으나, 고갈되어가는 체력으로 눈꺼풀은 점점 내려오고 있었다. 그래도 서두른 탓에 퇴근시간 이전에 작업은 마무리될 수 있을 것 같았다.

"A씨! 빨리 밖으로 나와봐. 위에 불이 났어요!"

작업반장의 까끄러운 목소리가 찢어질 듯 들려온 것은 복도의 화재경보기가 울리기 시작했을 때였다.

"어디? 어디서 불났어요?"
"1층 쪽인 것 같은데, 나가봐야 알 것 같아요. 혹시 모르니 빨리 나가봅시다."

탈진한 몸을 이끌고 간신히 계단을 뛰어올라 1층 출입문을 열었다. 연기가 가득 찬 하역장은 앞이 보이질 않았고, 뜨거운 열기가 얼굴의 피부를 덮쳐왔다. 눈이 매워 제대로 눈도 뜨지 못하는 A의 손을 잡아 끈 것은 작업반장이었다.

"A씨는 상태가 좋지 않아 보이는데 여기 있다간 큰일나겠어, 일단 골목 밖으로 나가있어요."

작업반장은 A를 골목 밖으로 보내고는 소화기를 들고 하역장의 택배차로 뛰어갔다. 스트레스와 탈수로 탈진되고 있던 A는 골목입구 입간판을 붙잡고 앉아 정신을 잃었다.

"여기, 물 좀 드세요."

채승병 ㅡ 담뱃불이 문제야

A의 몸을 부축하며 소방대원이 물병을 건넸다.

얼마나 정신을 잃었던 건지 택배차의 화재는 진압되고 하역장을 가득 채웠던 연기도 어느 정도 잦아들어 있었다. 택배차와 그 옆에 주차되어있던 차량들은 차체의 뼈대를 드러내고 있었고, 택배를 분류하기 위해 하역장 위에 쌓아두었던물건들이 전소하여 까만 잔해만 남아있었다.

그리고 A의 시야에 하역장 데크 옆의 철재 쓰레기통이 들어왔다. 아까 잠시 뒷골목에서 피우던 담배를 던져두었던 바로그 쓰레기통이었다. 현장에 출동해있던 소방경찰은 이곳저곳의 사진을 찍으며 분주히 현장을 누비고 있었다. 물 한 모금으로 간신히 정신을 차리고있던 A의 옆에는 넋이 빠진 작업반장이 앉아있었는데, 카메라를 든 소방경찰이 다가왔다.

"현장에 계셨던 분이 두 분 맞으시죠? 지금 현장 감식과 화재 원인을 파악하고 있는데, 두 분은 언제부터 이곳에 계셨죠?"

경찰의 질문이 귓바퀴에서 맴돌며 흩어졌다. A는 그가 다녀간 바로 그 장소, 무심히 던진 담배꽁초에서 화재가 시작되었다고 생각하니 그의 심장은 미친듯이 뛰었다. 경찰의 조사로 그의 잘못이 드러나게 될 것이 분명해 보였다.

"두 분 언제부터 여기 계셨냐구요?"
"아, 저희는 지하의 작업실에 있다가 비상벨이 울리는 소리를 듣고 밖으로 나왔어요. 저는 유지관리반장이거든요."
"그때 나와보시니 어떤 상황이었습니까?"

"택배차에 불이 붙어있었고 하역장에 연기가 가득해서 눈을 뜨고 있기 어려웠습니다. 그래서 저는 소화기로 불을 꺼보려고 했는데, 그게 잘 되지 않았어요."

"옆에 계신 분과 함께 말이죠?"

"아뇨, A씨는 얼굴이 창백한게 컨디션이 안좋아 골목밖으로 나가있었어요."

A는 어떻게든 혐의에서 벗어나야겠다고 생각했다.

"네, 저는 골목 밖에 있었는데 현기증이 나서 지금까지 정신을 잃고 쓰러져 있었어요."

"그럼 이곳에 반장님과 함께 올라오신 거라는 거죠? 그 전후로 다른 건 보지 못하셨구요?"

"네."

그렇다. 몇시간 전에 이 장소에 왔었던 게 알려져서 좋을 것이 없었다. A는 경찰에게 거짓 증언을 했다. 화재를 처음 감지했을 때 하역장에는 택배차 쪽에서만 불이 붙어있었다고 말이다. 그리곤 불현듯 CCTV 같은 곳에 자신의 행동이 찍혀있을 수도 있다는데 생각이 미쳤다. 경찰이 다른 조사를 위해 자리를 일어서자 A는 서둘러 중앙 감시실로 향했다. 건물관리업체 직원이기에 CCTV기록장치에 접근할 수 있었다. 경찰은 관련된 사람들을 불러 모아놓고 화재상황을 짚어보며 질문을 이어갔다.

경찰의 의심은 A의 진술로 택배기사에게 향했다. 택배기사는 이날 새벽부터 시작된 폭염 속 배송 업무에 지쳐, 자신의 택배차가 전소하였다는데 충격을 받아 넋을 놓고 있었다. 택배차는 소형 전기트럭이었다. 전기차 화재로 발화된 것이 아니냐는 이야기들이 오고갔다. 만약 전기차 화재에 의한 것이라면 택배기사는 자신의 차량에 대한 사고 뿐 아니라 인접차량과 택배물품, 하역장의 화재로 인한 피해까지 배상의 책임을 지게 될 판이었다. 아마도 택배기사의 보험으로는 보상이 충분치 않아 상당한 배상의 책임을 지게 될 것이 뻔하였다. 이 소식에 택배기사는 심한 압박감과 공포 속에 떨고 있었다.

A도 같은 압박을 느꼈지만 자신은 혐의에서 멀어질 것이라 생각하며 내심 다행스러웠다. 그러나 경찰의 조사로 택배차가 하역장에 도착한 시각은 경보가 울리기 7분 전이었으며 택배기사는 도착 3분 후 배달을 위해 수레를 끌고 12층으로 올라간 것이 확인됐다. 택배기사가 자리를 비운 것은 4분 남짓, 그때 1층을 청소하던 용역원 C가 하역장 앞의 화장실을 15분 동안 청소하고 있었으며, 연기가 차오를 때까지 택배차량에는 화재가 일어나지 않았다고 진술하였다. A와는 진술이 엇갈리는 부분이었지만, 택배기사에게는 다행스런 일이었다.

A는 다시금 초조함에 휩싸였다.

소방차가 도착하기 전까지 화재현장에서 소화활동에 열심이었던 작업반장이 다음으로 의심의 눈초리를 받고있었다. 가장 먼저 화재를 감지했고, 무모하리만큼 열심히 초기 소화활동에 뛰어들었기 때문이었다. 확인 조사를 위해 경찰은 주변 사람들에게 탐문하고 있었고, A에게도 질문이 이어졌다.

"작업반장에게 화재소식을 작업실에서 처음 들었다고 하셨죠? 작업반장은 그동안 계속 같이 근처에 계셨던가요?"

"그게... 한동안 작업실과 그 근처에서 못 본 것 같습니다. 소방벨이 울리자마자 밖에서 뛰어들어와 제게 화재소식을 알려주었고, 1층으로 올라가자고 하였습니다."

사실 작업반장이 문밖의 전등을 점검하고 있었던 것을 알면서도 거짓말을 하였다. 혐의가 작업반장을 향하도록.

"화재경보가 울리자 마자요?"
"네, 그렇습니다."

그러나 A의 바람과는 달리 작업반장을 향한 의심은 그리 오래가지 않았다. 작업반장이 지하층의 전등교체작업을 하고 있었다는 사실이 밝혀졌기 때문이다. A는 서서히 입이 마르고 주변의 사람들을 똑바로 쳐다 볼 수가 없었다.

경찰은 청소용역원 C씨에게 의심을 이어갔다. 청소를 하다가 가연재가 들어있는 청소용액으로 발화되지 않았는지 여러가지 증거를 확인하던 경찰은 A씨를 불러 다시 질문하였다.

"C씨를 마지막으로 본게 언제죠?"
"밖에서 바람을 쐬고 있을 때였어요. 저희 아버지랑 통화하고 있을 때니까. 그 택배차량이 들어올 때입니다."
"C씨가 어떤 청소를 하고 있는지 보셨습니까?"

채승병 — 담뱃불이 문제야

A는 어떻게든 자신을 혐의에서 멀리 떨어뜨려놓아야겠다는 생각 뿐이었다. 상황을 잘 알 수 없었던 질문이지만 C에게 혐의가 갈 수도 있도록 거짓말을 했다.

"화장실 쪽에서 청소하고 있었는데, 락스통과 광택제 같은걸 들고 다닌것 같았습니다. 솔과 청소용액 통을 들고다닌것 같았어요."

C를 의심하게 되면 자신을 향한 의심으로 돌아오지 않을 것 같아 A는 거짓말을 계속했다.

"제와 잠시 눈인사를 나눴는데, 서둘러 청소도구를 들고 하역장 쪽으로 가더라구요. 그래서 저는 잠시 후 휴식을 마치고 작업실로 돌아왔습니다."

그러나 청소용역원 C씨의 혐의도 금방 확인됐다. 청소 용액에 가연제는 없었으며, 더구나 그날은 건물 전체적으로 화장실 바닥타일 보수공사가 있던 날이어서 청소용액을 사용하지 않았다는 것이다.

다른 사람들에 대한 의심이 사라질수록, 시간이 지날수록 A의 초초함은 늘어나기만 했다. A와는 다른 진술들이 늘어났으며, CCTV기록 중 일부가 삭제된 것이 확인되었다. 그럼에도 불구하고 A는 거짓말을 이어갔다. 한 번 시작된 거짓말은 멈출 수 없었고, 그는 점점 더 깊은 늪으로 빠져들고 있었다. 초조함에 침도 삼킬 수 없었다. 실화범으로 밝혀졌을 때 자신이 감당해야 할 일들로 심하게 두려움에 짓눌렸다.

하지만 그런 압박감으로 비롯된 거짓말이 자신의 주변 사람들을 음해하고 자신의 인간성마저 불태우고 있다는 걸 알아차리지 못하고 있었다.

이들의 증언과 대화로 A는 주변의 사람들과 좋은 관계를 유지하기 힘들 것이라는 걸 A도 느끼고 있었다.

A는 뒷골목의 흡연장소로 나와 있었지만 이제는 더이상 담배는 피울 수가 없었다. 숨호흡을 길게 하며 마음을 가다듬어봤지만 쉽게 진정되지 않았고, 어떤 변명을 둘러멜까 하는 생각에 극심한 초조함을 드러내고있었다. 경찰이 쓰레기통에서 발화가 일어나지 않았을까 의심의 눈초리를 돌리자, 하역장 근처에서 청소를 하던 C를 불렀다.

"청소를 하면서 보셨을 것 같아 물어보는데요, 하역장 주변에는 주차되어있던 차량, 택배차, 택배를 위해 쌓아둔 물건이 있었죠? 그외에 다른 물건이 있었나요?"
"청소도구를 넣어두는 상자 하나, 분리수거함이 하나와 쓰레기통이 하나 있었어요."
"그럼 그 분리수거함과 쓰레기통도 청소할 때 비우시나요?"
"네, 쓰레기장은 1층에, 분리수거장은 지하 1층에 있는데 제가 그리로 치워둡니다."
"그럼 쓰레기통은 언제 비우셨어요?"
"화재경보 울리기 30분 전쯤 그 쓰레기통을 비웠습니다."
"그 쓰레기 통에서 화재가 발생할 수도 있지 않았을까요?"
"글쎄요, 그 쓰레기통에는 보통 쓰레기가 없어요. 30분이면 아무도 쓰레기를 버리는 사람이 없어서 텅텅 비어있었을 겁니다. 게다가 불이 날 수는 있어도 그게 불이 번지진 못했을 겁니다. 그 쓰레기통은 철제쓰레기 통이었거든요."

그때 다른 소방대원이 다가와 말을 건넸다. 화재 원인을 확인하였다는 것이다. 도시가스관의 누기로 이쪽 골목에 가스가 찼고 껌뻑이던 전등의 전기 스파크로 인해 화재가 발생한 것이 옆건물 CCTV로 확인이 되었다는 것이다.

A는 관리실로 내려갔다.
컴퓨터를 켜고 자리에 털석 주저앉았다. 아버지와 통화했던 것이 생각났다. 병원에 함께 가기로 하였던 약속도 기억났다. 화재사건으로 정신을 빼앗겨 부모님의 상태를 확인 할 생각도 못하고있었다.

"아버지? 저예요. 뭐하고 계셨어요? 식사는 하셨어요?"
"그래, 방금 식사하고 치우고있었다."
"병원에 함께 가자고 말씀 드렸었는데, 제가 갑자기 일이 생겨 연락도 못드렸네요. 그런데 속 안좋으시다더니 식사하셨어요?"
"너랑 통화한 후에 바로 애들한테 전화왔었어. 바쁜 일 있어서 전화 못 받았었는데, 부재중 통화기록 보고 걱정되서 전화했다드라. 그래서 함께 병원에 다녀왔더랬지. 특별히 심각한건 없고, 위가 조금 부어서 그랬다고 하더라. 약 먹고 나니까 한결 속이 편해져서 식사도 하고 그랬어."
"네, 다행이네요."

자신의 일에 집중하느라 챙기지 못했던 부모님을 그동안 무책임하게만 보아왔던 딸아이가 챙겼다니, 미안하고 고마운 마음이 들었다.

모니터의 풍경이 다시금 A에게 여유로움을 가져다 주었다.

'나보다 낫네, 다들.'

껌뻑이던 모니터가 화면보호모드로 들어서 남태평양의 화창한 해변을 보여주고 있었다. A는 모카포트에 금방 내려온 아메리카노를 들고 그 해변 앞에 돌아와 물끄러미 화면을 바라보았다. 마치 해변을 걷고 있는 듯이 차가운 아메리카노를 홀짝이며 생각에 잠겼다.

자신의 알 수 없는 불안으로 주변의 자신을 생각해 주는 이웃, 친구, 가족들을 어떻게 대했었던가 하는 생각에 잠겼다. 관리실의 전화벨이 울렸다.

"여기 402호 인데요. 창가의 에어컨이 안 돌아요. 일주일 전에 수리한 냉방기가 이렇게 금방 또 고장나버리다니요? 관리를 너무 성의 없이 하시는 거 아닌가요? 전문가를 써야하는 데, 아무나 직원으로 쓰니까 이런 일이 생기는 거 아니에요? 관리 직원들을 바꿔달라고 이야기를 하든가 해야지. 참나."

A는 깊은 숨을 들이마시고 자리에서 일어났다,
여느 때처럼.

# 흐름과

# 굳은 것

박정우

"〈 〉(부등호)" 안에 있는 개념, 그리고 도식들, 몇몇 설명들은 새롭지도, 특별하지도 않은 나의 개념에 불과하다. 이것들은 이 글을 읽는데 잠깐 필요할 뿐 금방 던져버리면 그만이다. 당신이 스스로의 이야기를 쓰게 될 때, 당신은 결국 그것들을 치우고 당신만의 언어를 취하게 된다. 그렇게 하도록 내 개념들에 괄호를 채웠다. 쉽게 털어버릴 수 있도록.

## [불안에 대해 설명할 수 없다! 왜냐하면⋯]

나는 불안에 대해서 쓰겠다고 약속했지만 불안 그 자체를 잘 정의하지는 못한다. 나는 요리조리 빠져나가는 불안의 목덜미를 정확히 붙잡아 당신 앞에 앉히지 못한다. 하지만 나는 불안이 어떤 건초더미에 몸을 부비고, 어떤 영역에 똥을 누고, 어떤 먹이를 먹는지를 내보일 수 있다. 그것들은 간접적인 정보이다. 그것들은 불안의 윤곽정도가 될 것이다. 그정도면 괜찮다고 생각한다. 왜냐하면 비어있는 윤곽의 가운데에는 내 불안이 아니라 당신의 불안이 들어가야 하기 때문이다. 이 이상한 생각은 당신의 이상한 생각을 촉발하기 위해 쓰였다.

이 글에서 말하는 다양한 개념들, 그리고 전제들은 이미 많은 철학자와 심리학자에 의해서 선취된 것이다. (대표적인 예시는 누구보다도 하이데거, 그리고 들뢰즈와 가타리이다.) 그들은 이미 이 영역에 깃발을 꽂아두었다. 하지만 깃발을 꽂았다고 해서 '대지'가 그들에 의해 영원히 장악될 수 있을까? 건조하고, 두껍고, 텁텁하고, 넓고, 정신을, 아득하게 하고, 언제나 천천히 움직이는 '대지' 전체가 영원히 장악될 수 있을까? 그렇지 않다. 하지만 고지식한 독자들(고지식한 한에서는 영원히 독자의 상태를 넘어설 수 없을)은 그것이 당연하다는 양 생각한다. 그들은 "그 개념은 이미 ~~가 〈발견〉했어!"라고 말한다. 발견, 발견이라니! 그런 대화는 나에게 약간 불쾌하다. 비록 내가 걷는 땅이 누군가에게 선취된, 깃발 꽂아진 곳이라고 하더라도 나는 그 땅을 새롭게 말할 수 있다. 이미 발견 된 영역이라도 우리는 그것의 쓰임을 언제나 '발명'할 수 있는 것이다. 그래서 나는 조잡스러운 발명품을 만들듯 새로운 단어들을 만들었다. 〈몸뚱이〉, 〈압출〉, 〈꼬라지〉, 그 밖에 물질화되고 의인화된 관념들. 조잡스러운 발명품. 마치 가지고 노는 레고 블럭과 같다. 그것은 가지고 노는 것은 정말 재미있다. 그런 발명들은 의심할 여지 없이 놀이이다. 혹여 놀이가 아니더라도, 놀이가 되어야만 한다!

당신도 그렇게 쓸 수 있다. 당신 역시 당신 삶에 관한 대철학자이자 대문호가 되어야만 한다. 멀리 나갈 것 없이, 그것은 기분이 좋기 때문이다. 이 글은 당신이 그렇게 하도록 격려하기 위해 쓰여졌다. 불안이라는 감정을 써내려갈 수 있을 때, 불안은 질병이 아니라 장난감이 된다. 내 글이 당신에게 영감을 주어서, 당신이 내 글을 어딘가 던져놓고 당신만의 이야기를 써야겠다고 결심한다면, 그것은 나에게는 더 없는 기쁨이다.

## [글은 몸이다 : A의 이야기]

학문적인 성격을 띄는 글은 사태로부터 거리를 두고 바라보려고 한다. 바라보는 자가 그 사태로부터 충분히 떨어지고, 동시에 안정적인 지반에 서 있다면 그 사람의 글은 읽기 편할 것이다. 하지만 그렇지 않다면 사람들은 즉시 고개를 갸우뚱 할 것이다. 거기에는 옅은 공격이 묻어있다. 그리고 "당신의 글은 주관적이군요." 라고 할 것이다. 하지만 그 글에 들어있는 '주관성'의 정체는 무엇인가? 나는 그 주관성의 정체를 신체성이라고 말하고 싶다. 편견, 아집, 경험, 기질, 습관, 이 모든 것들은 순수한 관념에 속하지 않는다. 그렇기에 우리의 몸으로부터 편리하게 뚝 떼어서 바라볼 수 있는 것이 아니다. 우리의 성격은 '등의 한가운데가 긁기 어렵듯' 쉬이 잡히지 않는 곳에 있다. 글의 가장 중요한 부분, 글의 가장 불가사의하며 매력적인 부분 역시 쉬이 논변될 수 없다. 글은 글쓴이의 신체에 깃들어 있기 때문이다. 무엇의 글쓴이든, 그는 관념과 신체를 융합한 결과물을 그 '주관적'인 글로 내놓게 되는 것이다. 그렇기에 우리는 도대체 어디가 '그 사람' 이며, 어디가 '글'인지를 문제삼지 않기로 한다. 그들은 모두 하나의 〈몸뚱이〉에 속한다.

나는 필요 이상으로 주관적인 글을 쓰는 어떤 사람의 일화를 상상해낸다. 어떤 사람, A는 직업 특성상 논문을 쓰는 사람이다. A는 전문 연구자의 삶을 살아왔다. A는 '진짜 자신'을 대면해 본 적이 없는 인간이다. 그는 뭉뚱그려 대학을 갔고, 뭉뚱그려 자신의 연구분야를 선택했고, 뭉뚱그려 어떤 대학원에 들어갔고, 특별한 일이 없었기에 지금 이곳 연구실에서 박사 후 연구원으로 일하고 있다. 그의 삶에는 눈에 띄는 지표들이 있어 왔다. 어딘가의 대학교 어딘가의 연구실 근무, 어딘가에 거주, 누군가의 자식, 얼마간의 재산 소유, 그의 자리는 어떤 건물 어떤 사무실. 이런 지표들은 그의 삶의 도처에 〈부착〉된 채 있었고, 그는 그러한 〈부착〉된 것들에 아주 유순하게 아무런 저항도 하지 않았다고 볼 수 있었다. 만약 그에게 〈부착〉된 삶의 지표들이 답답하다면 그는 헛기침도 해볼 수 있었을 것이고, 주변에 볼멘소리라도 내어볼 수 있었을 것이며, 혹은 어떤 지표를 다른 지표로 바꿔볼 수도 있었을 것이다. 하지만 A의 경우는 참으로 독특했다. 이 모든 지표들, 이 모든 〈굳은것〉들이 그의 삶에 완벽하게 들어맞았다. A는 불편함을 표현하지 않았다. 왜냐하면 이 모든 것들이 그의 욕망을 완벽하게 충족시켰기 때문이다. '인간의 욕망은 결핍으로 추동된다'는 철학적 명제는 A의 경우를 설명할 수 없다. A의 삶은 A 그 자체였다. A의 삶은 마치 얇고 유연한 막(幕)과도 같이 A를 둘러쌌다.

A는 참으로 모든 것에 만족했다. 그렇다면 여기서 우리는 A에게 이렇게 물어야 하는데, '요구할 것이 없다면, 무언가 신비하게 가려지고 감춰진 공간이 없다면, 인간은 무엇이 되는가?' 그를 둘러싼 수많은 '알만함'의 껍데기에는 어떤 화학작용이 일어나는가? 아마도 그는 어딘가 이질적인 존재가 되지 않을까? 보이지 않는 곳에서, 드러내 말할 수 없는 곳에서, 그의 신비함이 틈을 비집고 나오지 않을까? 틈을 비집고 나오는 그 삶의 '진액', 흐르고 엉겨붙고 굳어서 그 자체로 어떤 형태와 실체를 갖게 되는 것. 우리는 그런 것이 존재한다고 가정해야 하지 않을까? 그도 그럴 것이 요즘에는 삶의 양상이 단차없이 매끄럽게 변해가고 있고, 그 단차

를 메울 수 있는 세밀한 블럭들도 계속 새롭게 생산되고 있기 때문이다. 하지만 그렇게 완벽하게 메워지는 것. 내 존재가 완벽하게 설명되는 것, 삶에게는 그것이야말로 거부하고 싶은 것은 아닐까? 만약 그런 상황이 펼쳐진다면 인간은 삶은 어떻게 되는가? 무슨 증상이 일어나는가?(증상이 일어난다는 말은 그 인간의 총체가 변화한다는 뜻이 아닌가?) A의 이야기, 그리고 후에 말할 [불안의 발생학]의 사례도 전부 그것에 관한 이야기이다.

어쨌든 A 특유의 완벽함이 어떤 임계점을 넘었음이 분명했다. A는 이상해지기 시작했다. 예를 들어 그가 평소 쓰는 기호를 매번 다른 것으로 바꾼다. 그는 결론을 내기 전에 "그렇다면 결론은 무엇이 될까요오?" 라고 쓴다. 그는 별 의미 없는 구절에 밑줄을 쳐서 사람들을 당황하게 한다. 그의 옷이 바뀌었다. 그의 펜이 바뀌었다. 그의 차에 올라가는 대쉬보드, 대쉬보드 위에 올라간 인형이 바뀌었다. 일상적인 신호에 사용하는 몸짓(예를 들어 밥을 먹으러 가자는 신호)이 매번 바뀌었으며 걸음걸이가 매번 바뀌었다. 좋아하는 산책의 경로가 매번 바뀌었다. 때로는 그의 주변 사람들의 몸짓을 따라하려 했지만, 당연히 그 결과물은 역시 매번 묘하게 변하는 A 자신의 몸짓이었다. 중요한 것은 '매번', '점진적으로' 변했다는 사실이다. 그에게는 사태라고 할 것이 없었다. 다만 송진이 소나무를 천천히 흘러내리듯, 느끼지 못하되 분명히 존재하는 사태가 있었을 뿐이다. 하지만 사건은 언젠가 일어난다. 보고서에 이상한 기호를 사용하고 이상한 문체를 사용하는 것은 A에게 지적을 할 필요가 있었다. A는 그러한 지적을 아무런 저항도 하지 않고 받아들였다. 왜냐? 그런 '지적의 덩어리'는 아주 큰 반면에 A의 '이상함의 입자'는 아주 작고 고왔기 때문에, 큰 덩어리로 〈흐름〉을 막았다 한들 〈흐름〉의 입장에서는 덩어리가 막고 남은 큰 구멍을 조금 다른 방식으로 빠져나가면 그만이었기 때문이다.

하여튼 A가 보고서 문제로 지적을 받은 그 다음날부터 A
는 다른 부분들에서 조금 더 '가파르게' 이상해졌고, 조금
더 자주 바뀌어갔을 뿐이었다. 바로 이 지점에서 우리는
"어떻게"라는 질문을 던져야 한다. 어떻게 이 증상(이상한
보고서)은 저 증상(지적 후에 생겨난 이상행동)으로 옮겨
갈 수 있었던 것일까? 거대하게 중층결정
(overdetermination)된 이 둘의 관계는 마치 나비효과와
태풍간의 관계와도 같아서, 우리는 언제나 두 사태 사이에
무궁무진한 카오스(혼돈)를 생각하게 된다. 그렇기에 나
는 그 카오스에 섣부르고 오만하게 인과의 잣대를 들이지
않는다. 다만 나는 카오스의 연안에 귀엽게 떠밀려온 코스
모스(질서)를 줍는다.

A의 이야기를 계속해보자. 가엾은 A는 하루의 일과를 마
치고 집에 들어가도 인사할 사람이 없었다. 만날 사람도
없었다. 자신의 신체를 봐 줄 사람이 없었다. A의 인격, 이
사람의 가엾은 〈몸뚱이〉는 어딘가로 흘러가야만 했다. A
가 모르는 새, A의 글에는 어떤 광기가 스며들게 되었다.
그의 가장 가까운 동료는 그의 글이 어딘가 이상하다는 것
을 느끼기 시작했지만 도대체 무엇이, 어떻게 이상한지를
논변하지 못했다. 객관성의 세계에 사는 연구자들에게는
주관적인 신체, 혹은 문체의 미묘한 변화를 설명할 수 있
는 언어가 없었다. 자연스럽게도, 다른 연구자들은 이 사
람을 멀리하게 되었다. A는 정신병자가 아니었다. 그 흔
하다는 우울증자도 아니었다. 엄밀히 말하자면, A는 그
이상한 논문, 형식을 미묘하게 벗어나는 결과물을 만들기
시작했기 때문에 정신병과 우울증에 걸리지 않았다. 그는
차라리 더 건강해졌다고 말할 수 있다. A는 자신의 몸 만
큼이나 자신의 글도 사랑했기에. 아니, 더 엄밀하게 말하
자면, A의 논문 역시도 그의 〈몸뚱이〉의 일부였기에, A의

논문이 그의 〈몸뚱이〉와 공명하는 것은 당연했다. 그래서 본래 딱딱하고 미끈하던 A의 글의 질감은 점차 부드러워지고 울퉁불퉁해지고 휘어갔다.

내가 막간을 통해 창조한 A의 이야기를 통해 내 글쓰기의 특이함이 어떤 것인지를 보이고 싶었다. 왜냐하면 A의 이야기는 전적으로 나의 자전적인 이야기이기 때문이다. A는 내 삶의 어디에나 있다. 나는 처음에는 객관적이고 학술적인 무언가를 이용하여 논변하려고 하지만 그 과정에서 나의 〈몸뚱이〉가 개입한다. 학술적이고 형식적인 무언가가 되기 위해서는 이미 주어진 말과 관념을 통해 내 〈몸뚱이〉를 철저히 가두어야 한다. 하지만 〈몸뚱이〉는 본성상 갇힌 상태를 빠져나가려고 한다. 빠져나오려고 하는 내 〈몸뚱이〉는 어느샌가 이 말들, 이론들, 객관성의 벽돌들을 조금씩 갉아먹고 그 틈으로 스며든다. 그 결과 글은 학술적이지도, 그렇다고 형식에 있어서 완전히 와해되지도 않은 무언가가 되어버린다. 독자는 그 결과물을 어떻게 받아들일지 모르겠다. 하지만 적어도 이런 글쓰기는 내 정신을 멀리까지 데려다준다. 극단의 객관성, 그리고 극단의 주관성이 기이하게 엉킨 형태는 내 정신에 피를 몰리게 하고, 더 많은 것을 끄집어내도록 한다. 그 중 대부분은 그 글을 쓰게 되어서야 이 세상에 나오는, 즉흥적으로 발명되는 것들이다.

A의 이야기를 계속해보자. 내가 만들어낸 상상의 연구자 A는 내심 누군가가 자신의 학술논문에서 시를 읽어주기를 바랐다. 시는 분석과 해석으로 나뉘어져 환원되기 위한 것이 아니기 때문이다. 시는 그 〈꼬라지〉 자체를 보여주기 위한 것이기 때문이다. A는 명료하고 먹기 좋은 글을 쓰는 데 절망적인 수준의 재능을 타고났다. 그런 A가 깃들어있는 내 몸, 나의 문체는 이리 꼬이고 저리 꼬이며, 의미는 휘어질대로 휘어지면서 계속해서 이해를 거부한다. 결국 A는 나의

글쓰기를 말한다. 아무래도 나의 기질은 내가 어떤 의미를 전달하기 보다는 그저 어떤 〈꼬라지〉, 즉 어떤 생김새를 전달하기를 바라는 것 같다. 어쩌면 나는 내 글쓰기 방식에 대해 이렇게 말할 수 있을지도 모른다. '나는, 아니 우리는, 자유롭게 말하기 위해 여기까지 달아나야만 했다.' 그렇게 모범생과도 같이, 학술적으로 글을 써서 우리는 우리 자신을 광기로부터 달아나게 할 수 있을까?

나는 그 물음에 아니라고 답하고 싶다. 〈꼬라지〉를 가진 글로부터 의미를 적출하는 것, 해석하는 것, 아주 정제된 말의 형태로 표본화 하는 것에 강박적으로 집착할 필요가 없다. 오히려 그러한 강박과 싸워야 한다.

그렇기 때문에 나는 이 글을 어떻게 쓸 것인가? 나는 가급적 A처럼, 정신병자처럼 쓸 것이다. 하지만 동시에 일상을 그리는 것을 포기하지 않을 것이다. 그 과정에서 나는 나의 〈몸뚱이〉 같은 텍스트를 통해 불안을 보일 것이다. 요컨대 불안을 정의하고, 그 불안이 나로부터 멀리 떨어져 있는 것처럼 굴며, 불안의 인과관계를 논변하려고 하지 않을 것이다.

나는 차라리 불안이라는 감정이 어떻게 '지껄임'으로 변환될 수 있는지를 텍스트의 〈몸뚱이〉를 빌어 보여줄 것이다. 그리고 그 결과로 나는 이 정신병적 논변, 횡설수설함, 지리멸렬함을 보여줄 것이다. 여기서 내가 가장 간절하게 전달하고 싶은 것은, '나'의 불안의 구체성과 사회관의 구체성 따위가 아니다. 이 글은 "내 우울함과 불안함을 봐주세요!"가 아니다. 불안, 그것은 동일시되고 복제되어서는 안된다. 내가 전염시키고 싶은 것은 기존의 딱딱한 담론에 저항하는 울퉁불퉁한 글쓰기 스타일이다. 당연히 그것은 내 〈몸뚱이〉의 〈꼬라지〉이다.

예를 들어보자. 대체적인 이야기들은 주로 이런 식으로 구성

된다. "아, 삶은 어찌 이리도 절망인가!", "내 상처를 봐 줘. 어떻지?", "나에게는 이 상처만이 세상에서 유일하게 존엄한 것처럼 보여.", "그들은 우리를 끔찍하게 박해하고 있고, 우리는 이토록 괴로워!" 등. 나는 이렇게 쓰고 싶지 않다. 나는 내가 어떻게 정상적인 언어를 비껴가는지, 그리고 이 때 사용되는 언어는 어떻게 다른 인간에 대해 무해할 수 있는지, 이런 식으로 노는 것이 어떻게 그리 우습고 즐거울 수 있는지를 보여줄 것이다. 그 결과 우리, 즉 독자인 당신과 나는 잘 〈응결〉할 수 있을 것인가? 당신은 나를 어떻게 느낄 것인가? 내가 가진 광기의 물성은 당신의 자아에 어떻게 마찰하는가? 이것에 대한 언어적, 관념적 답을 찾으려고 할 필요는 없다. (논변할 필요 없고, 해석할 필요 없다!) 왜냐하면 느낌이 전해지는 과정은 기계적이고 무의식적이고, 직관적으로 이뤄지기 때문이다. 그러려면 그저 텍스트가 당신에게 읽히는 그 순간의 모든 복잡한 작용을 속박하려 하지 않는 것이 중요하다. 인연이 된다면, 내 텍스트가 당신의 지껄임을 유도할지도 모른다. 앞서 말했듯이, 그렇게 되면 참으로 기쁘겠다. 만약 그리 된다면, 너무 서둘러 '광인'이 되려 하지 말라. 모든 것은 점진적으로, 그리고 불가역적으로!

## [불안의 발생학 : B의 이야기]

글쓰기가 〈몸뚱이〉의 문제인 것 이상으로, 불안 역시 〈몸뚱이〉의 문제이다. 아무리 많은 관념적 용어와 도표를 동원한다고 하더라도, 그것들을 구체적인 몸의 반응과 연관짓지 않는 이상 이해는 반토막짜리이다. 그런 이해는 불안에 부들부들 떠는 〈몸뚱이〉를 제대로 아우르지 못한다. 그것들이 제대로 활용될 수 있도록 하기 위해서는 몸으로 돌아와야 한다. 아래에 제시될 이야기는 다양한 몸의 이미지를 보인다. 사실 그 이야기는 A의 사례의 어디선가부터 이미 시작된 상태였다.

인간은 언제나 주변의 시선, 예절, 기술, 사물과 맞물려서 작동하도록 내몰린다. 가령, 가장 일반적인 나무 의자를 상상해보라. 이 의자는 나의 엉덩이, 허리, 앉은키, 다리의 길이에 관심이 있다. 내가 의자와 만나면 당신의 상기 요소들은 의자와 연결하며 의자에게 할당된다. 동시에 나는 책상과 만난다. 책상은 나의 가슴께, 앉은키, 목의 꺾이는 각도에 관심이 있다. 상기의 부분들은 역시 책상과 연결되어 책상에게 할당된다. 서재로 들어가 앉았을 뿐인데 나의 몸뚱이는 순식간에 두개의 기술에 의해 붙잡혀 고정된다. 그 결과 부가적인 효과가 일어나 전방 120도에 시야를 집중할 수 있을 것이고, 인지적 자원이 상체, 더 구체적으로는 두 팔, 더 구체적으로는 두 손에 용이하게 집중될 것이다. 이제 이 몸을 또다른 가상의 인물 B에게 넘겨주자.

계속해서 이어가자면, B의 〈몸뚱이〉에는 여전히 아무것도 할당되지 않고 자유롭게 부유하는 부분들이 있다. 시야는 무엇에도 잡히지 않은 채 부유하고 있다. 활용의 가능성은 미비하나 나의 옆구리에도 별 일이 없다. 시야, 옆구리 등은 의자나 책상이 붙잡을 수 없는 허점이다. 한편, B의 성기는 지금 B의 성욕의 정도, 자극을 주는 트리거, 다리 사이의 압력에 따라 유동적으로 움직일 것이다. 어쨌든 성기 역시 허점으로 남아있다. 자위를 할 예정이라면 책상은 마치 소라게의 집처럼 좋은 은신처가 될 것이다. B는 올바르게 앉음으로써 이미 나름대로의 인지적 자원을 사용하고 있다. B의 몸뚱이는 안정적이고 안전하게 구속되었다. 하지만 완벽히는 아니다. B의 몸뚱이에서 붙잡히지 않은 유동적인 부분은 다시 어딘가로 흘러나올 것이다. 마치 압력을 받은 액체괴물이 용기로부터 〈압출〉 되는 것만 같다. 혹은 여드름의 고름이 피부 표면으로부터 압력을 받아서〈압출〉 되는 것 같기도 하다. 압출은 무엇을 가정하는가? 세 가지를 가정한다. 유체를 가두고 있는 안정적인 구조, 그 구조를 빠져나오고 싶어하는 유체, 유체에 가해지는 구조의 압력 말이다. 그 후 압출이 이뤄질 때 구조의 가장 취약한 지점은 찢어지고, 그 지점으로부터 유체가 뿜어져 나올 것이다. 딱딱한 구조 위로 부드러운 유체는 흐르고, 시간이 지남에 따라 뿜어져나온 유체는 굳어서 구조가 된다. 이 구조는 다시 유체를 가두게 된다. 나는 이 유체를 두고 〈흐름〉이라고 부른다. 이를 염두에 두고 이야기를 계속 이어가자.

이번에는 보이지 않는 실체가 〈압출〉된 〈흐름〉에 관심을 보인다. 책상 위의 책이다. 하지만 단순한 책이 아니다. 이 책에는 '의무'라는 성령이 깃들어 있다. 엄마가 책상에 앉아서 책을 읽으라고 명령했기 때문이다. 이 명령은 책이라는, 원래는 B와 상관도 없고 B에게 관심도 없는 사물과 결합하여 나의 〈몸뚱이〉의 남은 부분을 끌어당긴다. 엄마는 서재를 들여다볼 수 있는 거실에 앉아있다. B는 엄마의 시선 아래 있다. 그러므로 B는 책을 편다. 책장이 B의 손가락을 붙잡아서 페이지를 넘기도록 명령한다. 글자가 B의 시야를 붙잡아서 글자의 세밀한 형식을 따라 움직이게 만든다. B는 이제 시야라는 세밀한 조작의 수준에까지 구속되었다. 하지만 〈압출〉은, 그 〈압출〉을 가능하게 하는 유동적인 액체괴물같은 〈몸뚱이〉는 붙잡히면서도 계속해서 달아난다. B는 다시 '의식'이라는 영역으로 달아난다.

의식의 한 구석에서, B는 멍을 때린다. 눈의 초점을 제어할 수는 없다. 하지만 초점의 규격은 멀리있는 '엄마의 감시'라는 규격보다 훨씬 작다. B는 비록 정신 속의 현상이라는 영역에 갇혔지만 자유롭다. 이 때 어딘가에서 목소리가 들린다. 엄마의 목소리다. 그 목소리는 밖에서 들려오는 것이 아니라, 이미 B의 의식 속에 함께 있다. B는 그것의 존재감을 느낀다. 그것은 결코 허구의 관념이 아니다. 의식에 있는 것 역시 실체로서 있는 것이다. 그 목소리는 어떻게 생겼는가? 그 목소리는 엄마의 울음소리, B의 성적을 보고 B의 미래에 대해 비관하며 한탄하는 목소리이다! "그래, 지난 달에 끔찍한 성적을 받아와서 엄마를 울린 후로 열심히 공부하기로 다짐했었지." 이 목소리는 다시 엄마의 목소리로부터 딸려나온 B의 목소리다. 이 역시 음성이 있는듯, 이미지가 있는듯 긴가민가하다. B는 이 각각의 목소리가 누구의 것인지 분간할 수 있지만 그것을 분간하는 것은 큰 의미가 없다. 목소리는 목소리인 한에서 결국 다 똑같은 목소리이다. 강하게 옥죄는 목소리, 약해서 B의 의식으로 뚫고 지나갈 수 있는 목소리의 차이가 있을 뿐이다. 하지만 그럼에도 그들의 구성성분은 똑같은 목소리이다. 하여튼 이 목소리는 B의 의식까지 따라온 데다가 B에게 아주 강하게 관심, 즉 붙으려 하는 힘이 있다. B를, B의 마음을 붙잡는다. 저항하기 어렵다.

의자에 묶였을 때 B는 상체로 〈압출〉되어 달아날 수 있었다. 책상에 묶였을 때에는 손과 눈, 감시에 묶였을 때에는 의식, 하지만 죄책감에 묶였을 때에는 B는 무엇을 타고 달아나야 할까? 붙잡히는 수 밖에. 이제서야 B의 초점은 글자의 흐름을 기차와 같이 미끄러져 들어가기 시작한다. 하지만 만사형통이 아니다. 초점은 자꾸만 흐려진다. B의 남은 〈몸뚱이〉의 〈흐름〉은 글자의 선로를 고분고분하게 따르지 않고 자꾸만 탈선하려 한다. 예컨대 〈몸뚱이〉의 〈흐름〉은 초점을 타고 책을 위에서 아래로 훑기도 하고, 책 속에서 수학을 공부하던 철수에게 반동분자의 역할을 부여해 학교를 점거시키기도 한다. 〈압출〉에 성공한 것일까? 안타깝게도 아니다. 이 의식이라는 공간은 그러기엔 너무 비좁다. 거실에 있는 엄마의 시선이 바로 내 얼굴 옆으로 옮겨온 격이다. 그래서 엄마에 대한 죄책감은 다시 B를 옥죈다.

하지만 B의 〈몸뚱이〉는 다시 〈압출〉한다. 붙잡힌다. 〈압출〉한다. 붙잡힌다. 〈압출〉한다. 이 과정에서 빠져나오는 〈몸뚱이〉의 양은 점점 작아지고, 그 형태는 더 세밀해진다. 예를 들어, 일단 책 속에 B를 가르치기 위해 그려진 인물인 철수와 함께 수학을 공부한다. B는 거기에 일종의 설정을 추가한다. 철수의 무의식에 악령이 씌여 자꾸만 계산을 틀리는 것이다. 하지만 상황은 점점 악화된다. 〈압출〉되는 〈몸뚱이〉는 이제 너무 작아져서 더이상 즐거움을 주지 않는다. 〈압출〉의 정도가 적을 때, 예컨대 의자에 앉을 때, 책상에 팔꿈치를 낄 때 〈압출〉의 압력은 턱없이 작았기에 별다른 자극이 없었다. 철수를 반동분자로 만들어 학교를 엉망으로 뛰노는 상상을 할 때 〈압출〉의 압력은 딱 적당하여, 내일도 이렇게 철수와 놀고 싶을 정도였다! 겉으로 보기에 B는 꿈적도 하지 않았지만, B의 몸뚱이는 그 어떤 때보다 역동적이었다! 하지만 그마저도 붙잡히자, B는 어떤 수단으로 〈압출〉되어야 할지 전혀 알 수 없게 된다.

에너지는 있고, 〈압출〉은 일어나야 하는데, B는 손도, 발도, 눈길도, 멍때리기도, 철수의 야생성도, 철수의 무의식 속 악령도, 그 무엇도 쓸 수 없다. 공백. 공백. 공백. 실패. 실패. 실패. 저편에선 엄마의 흐느끼는 목소리가 방송처럼 울려온다. 공부해 제발. 공부해 제발. 공부해 제발. 그 목소리라도 따라해본다. 틀렸다. 너무 견고해서 구멍을 찾을 수 없는 목소리다. 학교에서의 선생님의 목소리는 구멍을 뚫을 수 있었다. 그 때는 함께 구멍을 뚫을 수 있는 친구들이 있었다. 하지만 지금 B는 고립된 상황이다. 그러므로, 공백. 〈압출〉될 수 있는 구멍을 찾을 수 없는 것이다. 그제서야 자신의 〈몸뚱이〉를 돌아본다. 눈은 없지만. 자기를 다시 만지기 위해        더듬어본다.        ".………4……3……2./;//1;[] [/.,,/..0#%!]][₩₩…1…….;’ㅔㅔ~23;;”./..,,,/…4…….” 허공을 떠도는 먼지같은 말들을 발명해본다. 이번에 이것들은 지나치게 작다. 잘 되어가지 않는다. B는 바깥의 몸으로도, 의식으로도 도망칠 수 없다. 죄책감이 너무 견고하다. 먼지같은 언어들, 몸짓들, 틱, 혀 씹기, "씨발", "펑캔", "스승의 은혜는", "튀어 버릴거야"가 튀어나온다. 기존에 〈압출〉되던 기조를 따라서 튀어나오지 않는다. 배관의 관절마다 뜨거운 물이 불규칙하게 새어나오듯, 이 〈압출〉들은 중간허리, 대가리 부분을 가리지 않고 구속과 구속사이의 허술한 부분은 전부 파고나온다. 단계별로 질서잡혔던 하반신, 상반신, 손, 눈, 의식, 무의식은 각자 요동치며 헛소리를 낸다.

이 카오스적인 구멍들 중 가장 특권적인 부분은 이빨과 혀이다. 이빨로 혀를 뜯어 피를 내도록 한다. 그것은 자극을 해소하기 위한 일종의 탈출구이다. 그 구멍은 B의 의식으로는 어떻게 할 수 없을 만큼 미시적인데 반해 오도가도 할 수 없는 〈몸뚱이〉의 흐름을 잘 빼내어준다. 누가 그 구멍을, 그 뚫린 자리에 그 크기, 그 형태로 뚫기로 했는지는 모른다. 그것은 말그대로 무의식과 복잡함의 영역이다. 엄마도,

수학교과서를 지은 선생님도, B도 모른다. 하지만 그렇게 된다. 어찌할 수 없는 현실이다. 가끔 손가락을 뜯기도 하고, 뼈마디로 소리를 내기도 하지만 혀를 뜯는 것이 가장 좋다. 왜냐하면 혀는 아주 어둡고 안락하고 안전한 입 속에 있기 때문이다. 엄마도, 선생님도, 의식도, 의식 저편의 엄마의 목소리도 이 입으로 침범하지 못한다.

이렇게 생각해보니 왜 입에서 〈압출〉되기로 했는지 알 것도 같다. 물론 절대 정확할 수는 없을 것이다. B는 혀를 뜯는 아이가 된다. 훗날 정신과 선생님은 B를 범불안장애로 진단할 테고, 정신분석가 선생님은 대뜸 B에게 그의 엄마에 대해 묻겠지만, B는 그 진실을 설명할 수 없을 것이다. 왜냐면 그만큼의 말재주를 가지지 못했기 때문이다. 불안? 불안이라. 그래 편의를 위해 '불안할 때 혀를 뜯는다고' 하자. 하지만 그건 단순한 이름표이지, 상황을 나아지게 하기 위함은 아닐 것이다. 나라면 그냥 이 〈꼬라지〉를 손가락으로 가리킬 것이다. 하지만 그 〈꼬라지〉를 보기 위해서 우리의 〈몸뚱이〉는 하반신도, 손도, 눈도, 의식도 기억도 버려야 한다. 어려운 일이다.

## [불안의 역학]

나는 일관적으로 몸의 문제를 말하고 있다. 〈압출〉의 도식에서 신체적인 것(의자에 앉기, 엄마의 시선, 혀 씹기)과 관념적인 것(내 안에서 퍼지는 엄마의 목소리, 피난처로서의 의식 속)은 구분되지 않는다. 그것들은 결국 다 〈굳은것〉이라는 점에서 같다. 더구나 그들은 나의 흐르는 감정과 느낌을 유도하고 형식을 부여하는 통로이다. [불안의 발생학]에서 감시의 시선은 단지 폭압적인 엄마의 시선인가? 그 감시의 방식은 이 세상에서 오로지 그 엄마에게 귀속되는 것일까? 그렇지 않다. 물론 엄마의 눈은 고유하다. 그 장소 그 시간에 존재하는 한 쌍의 눈은 고유하다. 하지만 엄마가 눈을 그렇게 뜨도록 하는 프로그램은 고유한가? 그렇지 않다! 그것은 너무도 사회적이다. 그것은 어디서 왔을까? 가장 야만적이고 가장 강력한 그 시선의 대전제는 어디서 왔을까? 무엇이 엄마를 그토록 날 서도록 만들었나? 그 대전제는 밖에서 왔다. 즉 사회에서 왔다. 바로 그 사회가 차후 엄마의 시선의 구조를 만들었다. [불안의 발생학]에서 나와 엄마의 갈등관계는 사회로부터 폐쇄된 '가족 로망스' 정도로 치부될 수 있는 것이 아니다. 그것은 훨씬 더 큰 스케일을 가진다. 정치, 경제, 문화말이다. 이들을 구성하는 무수한 기호들 역시 〈굳은것〉이라고 할 수 있다. 그 〈굳은것〉들은 공장에서 대규모로 만들어져 보급되어 우리의 몸뚱이에 〈부착〉된다. 〈부착〉, 그것은 사회라는 타자와의 만남이다. 〈응결〉, 그것 역시도 사회적이다. 하지만 〈응결〉은 〈부착〉보다 연약하고 규모가 작은 대신 더 주체적이다. 〈응결〉은 연골이다. 유연하게 뼈와 뼈 사이를 조율한다. 주어진 부착물들로 어떻게 최적의 〈몸뚱이〉를 건축할 수 있을까 고민한다. 그 고민은 오래걸린다. 〈응결〉을 위한 충분한 시간이 주어져야 한다. 너무 움직여서는 안된다. 부착물과 부착물 사이의 머나먼 간극을 회복할 시간이 필요한 것이다.

〈굳은것〉은 〈몸뚱이〉의 〈흐름〉을 가두고, 더 강한 압력을 가진 동시에 정제된 움직임을 취하도록 한다. 그리고 〈굳은것〉은 〈응결〉을 통해 자율적으로 발생할 수도, 〈부착〉을 통해 이미 만들어진 바깥의 것을 가져올 수 있다. 우리는 〈부착〉의 시대를 살고 있다. 모든 것은 레디-메이드(ready-made)이다. 우리는 스스로 〈응결〉하여 구축하는 방식을 생각하지 않는다. 그 시간에 차라리 더 적합한 부착물을 찾아 나선다. 물론 그 역시 레디-메이드 인 것은 마찬가지이다. 〈응결〉이 자율적인 과정을 통해 나에게 주어진 상황을 공고하게 조율할 수 있는 기회를 가진다면, 〈부착〉은 그러한 조율해야 하는 상황을 제공한다. 예컨대 무인도에 떨어져 배를 만들어야 하는 상황이 있다고 가정하자. 그 섬에는 단 하나의 나무밖에 없다. 하지만 그 나무는 이리 저리 휘어져 있어서 깎는 방식으로는 배를 만들 수 없다. 이러한 나무라는 타율적 사물에 직면한 상황이 〈부착〉이라고 할 수 있다. 그런 상황에서 〈몸뚱이〉, 즉 인간은 견딜 수 없다.

〈부착〉된 〈굳은것〉은 대부분의 경우에 몸뚱이를 불균형한 방향으로 〈압출〉시킬 것이다. 그 과정에서 〈응결〉이 개입한다. 〈응결〉은 〈부착〉의 불연속성, 불균형, 거칠거칠함을 매끄럽게 만들어, 하나의 〈굳은것〉으로 종합한다. 〈응결〉은 연결이라고도 볼 수 있다. 다시, 〈부착〉이 타자적이고 타율적인 기호를 가져오는 과정이라면 〈응결〉은 그러한 재료들을 선별하고 부품을 붙이는 부드러운 풀(glue)이라고 할 수 있다. 〈부착〉이 음식물이라면 〈응결〉은 쓸개즙이다. 〈응결〉은 〈몸뚱이〉에서 온다. 하지만 〈부착〉은 〈몸뚱이〉 바깥에서, 즉 사회에서 온다. 물론 그 사회적 생산물로서의 〈굳은것〉 역시 누군가의 〈응결〉이 개입했음은 분명하다. 상대성 이론은 아인슈타인의 응결물이고, 포디즘은 헨리 포드의 응결물, 경제정책은 경제관료들의 응결물이다. 하지마 그것이 도

그마화(化)되고 권력을 얻고 무한히 재생산되고 무한한 매체를 통해 전달되는 과정에서 응결물은 그 부드러운 물성을 영영 잃어버린다. 그것은 굳은 것, 〈부착〉을 위한 〈굳은것〉일 뿐이지, 〈응결〉은 없다. 물론 〈응결〉만이 존재하는 것 역시 난감하다. 그럴 일은 없지만. 나는 어디에서나 부착물을 본다. 우리는 〈부착〉이 도처로 뻗어나가는 것을 본다. 부착물이 점점 더 작고 섬세해져, 통상 응결이 개입하던 자리까지 〈부착〉이 비집고 들어오는 것을 본다. 프라모델이 점점 더 정교해지고 있다. 그것은 음낭과 음순의 섬세한 주름마저 구현할 것이고, 그것이 이뤄지는 순간, 〈몸뚱이〉들은 비탄에 찬 채 스스로의 그것들을 거세할 것이다.

그것을 근대성이자, 합리성이라고 부른다. 물론 근대성과 합리성의 가장 암적인 부분일 것이다. 즉, 주체성의 상실이다. 근대성은 "마침내 모든것이 알만해지고 있다!"고 자주 공언한다. 〈몸뚱이〉의 루틴이 마침내 적절하게 배분되었다. 〈몸뚱이〉들의 대대적인 〈압출〉이 〈굳은것〉을 붕괴시키지 않을 만큼의 구조가 마련되었다. 근대성이 말한다. 그는 근대성이지만 선생님이며, 죄책감이며, 경제생산의 강박이며, 익명의 댓글이며, 채무의 압박이며, 감시하는 시선이다. 그는 "이제 달아날 곳은 없단다." "나는 네가 원했던(헛소리!) 모든 부착물을 제공했다. 그를 통해 네가 응결해야 할 수고를 덜어주었단다. 그러므로 이 부드럽고 매끄러운 부착물 속으로 네 〈몸뚱이〉를 넣어보렴. 너의 엉덩이와 가슴, 성기, 허리가 잘 맞아들어가는 것이 느껴지니? 나는 너로부터 흐름만을 원한단다. 너만의 고유한 것은 버려버리렴, 이리오렴."이라고 말한다.

〈몸뚱이〉의 비극은 달아날 곳이 없을 때 생겨난다. 〈흐름〉이 〈흐름〉일 수 없는 것은 어딘가 완전히 막혀버릴 때이다. 또, 모든 〈굳은것〉이 견고하게 〈압출〉을 방지할 때 〈흐름〉은 압력을 감당할 수 없어 '폐색'된다. 압출이 불가능한 동시에 압력이 강하게 유지되는 상황을 나는 폐색이라고 부른다. 또는 '울혈'이라고 부른다. 비록 흐름이 굳은것에 강하게 가로막혀서 갇혀있지만, 뚫고 나가려는 흐름의 본질을 잃지 않은 상황이다. 이 과정에서 온갖 감정이 발생한다. 하지만 압출되지 않는다면 필연적으로 그 감정에 상응하는 표현은 있을 수 없다. 왜냐하면 굳은것이야말로 흐름을 보이거나 알아들을 수 있는 형태로 표현하는 수단, 형식이기 때문이다. 그렇기 때문에 불안을 묘사하라는 상담사에 말에 "형용하기 어려워요."라고 대답하는 것은 전적으로 정확하다. 그것을 가두고 흐르게 할 수 있는 굳은것이 없기 때문이다. 모든것을 제공하여 내 〈흐름〉의 운동을 틀어막아버리는 엄마가 위험하듯, 모든것을 제공하는 부착물 역시 위험하다.

엄밀히 말해 "모든 것을 제공한다"는 말은 지극히 기만적이다. 그저 자유분방한 〈몸뚱이〉를 아주 완고하고 안정적으로 섬세하게 가두었을 뿐이다. 하지만 누구도 이러한 포획의 상황을 규탄하지 않는다. 왜인가? 우리의 의사소통이 언어, 논변에 갇혀있기 때문이다. 우리는 그 자체, 즉 〈꼬라지〉를 가리키는 방식이 아니라면 결코 본질에 도달할 수 없다. 우리는 문제는 '이것'이다, '저것'이다 자꾸만 구획화하고 집중시키지만, 그것은 〈꼬라지〉의 전체적인 상호작용, 미시적인 역학, 그것들의 중첩이 초래하는 복잡함의 '파국'을 설명할 수 없다. 동시에 상기의 요인들이 일으키는 응결의 발명, 혹은 '창발' 역시 설명할 수 없다. 전체야말로 인과다. 바로 그것을 보이기 위해 나는 이런 괴상한 모델을 만든 것이다.

여담이 길었다. 우리는 '폐색'까지 알아보았다. 하지만 〈몸뚱이〉는 하나의 한계를 지닌 덩어리이다. 그것은 무한히 〈압출〉을 위한 힘(압력)을 유지할 수 없다. 그 결과 〈몸뚱이〉는 일종의 휴지기로 들어간다. 〈압출〉되려는 압력을 가둬들이고 동시에 기존의 〈굳은것〉에 붙잡혀 있던 부위 역시 압력을 잃는다. 마치 휴지기가 된 화산의 마그마가 근원지로 천천히 꺼져가는 것처럼 말이다. 나는 그것을 '휴지'라고 부른다. 휴지는 곧 우울이다. 공고하고 영원할것만 같았던 〈굳은것〉들의 성채에서 알멩이(〈몸뚱이〉)가 빠져나간다. 그 때문에 〈굳은것〉은 그 압력을 유지할 수 없어 점차 허물어져 간다. 〈몸뚱이〉는 어디로 갔는가?

〈몸뚱이〉는 자신이 처음 시작했던 밑바닥, 압력이 존재하지 않는 곳에 고여있게 된다. 얼마나 높은 곳, 압력이 강한 곳으로 닿았든 이제는 의미가 없다. 어떤 형식 없는 순수한 흐름이 있을 뿐이다. 의자, 책상, 책, 감시, 죄책감, 이 모든 굳은것들은 결국 모여들어 하나의 전체를 이룬다. 그 전체의 형태야말로 내가 〈꼬라지〉라고 부르는 것이다. 실제로 존재하는 〈꼬라지〉, 그것은 나의 〈몸뚱이〉다. 그리고 그 〈몸뚱이〉의 안에는 〈흐름〉이 있다. 그리고 〈굳은것〉들의 웅장한 자태는 〈흐름〉이라는 내용물이 있어야 성립할 수 있다. 〈흐름〉이 〈굳은것〉의 형태를 지지하고, 팽팽하게 부풀려주는 상태, 그것이 우리의 〈몸뚱이〉(나는 정신과 몸을 구분하지 않고, 그것을 〈몸뚱이〉에 통합시킨다.)이 평소에 같이 기능하는 상태이다. 하지만 〈흐름〉이 〈굳은것〉을 팽팽하게 따라 흐르지 않고 바닥으로 흘러버린다면? 모든 것은 죽음과 무기력으로 수렴해 버릴 것이다. 나는 그 상태를 우울이라 부른다. 언젠가 그것에 대해 다룰 날이 있으리라.

# [자투리, 어느 환자의 공상]

→불안한지는 오래됐다. 그러니까 그 불안은 알싸하고 아득한 기분이 드는 불안을 말한다. 무언가를 집행하러 온 사람이 옛날 옷걸이의 흰 피를 벗겨서 녹이 슨 철사를 꺼낸다. 그는 그것을 펴서 내 등골에 집어넣고 마취총을 주사하고 떠난다. 나는 죽은 것 같이 열 두 시간을 잤다가 일어나니 철사가 다 녹아서 으슬으슬한 파상풍 인간이 되어있다. 그러면 아스팔트 구녕에 숨은 바퀴벌레의 오닉스 빛깔이 선명해지고 어떤 징후처럼 내 등은 조금 굽어있다. 무심하게 방관만 하는 이 푸르딩딩한 살점을 개걸지게 물어 뜯고 아직 덩어리진 채 남아있는 철사를 끄집어내어 으득으득 씹어먹고 싶은데 자꾸 얄궂은 혈관을 타고 도망간다. 툭툭 심장과 등골과 거기시를 건들거리며 거들먹거리며 돌아다니는데 나는 길길이 날뛰며 전봇대를 차고 거울을 보며 내 얼굴 중 그나마 쓸만한 그늘에 자리를 잡고 샌드위치를 뜯어먹는데 파상풍이들이 빨간 바닷물을 다 마셔치웠는지 내 몸땡이가 야위고 시컴하고 까슬까슬해 진 것을 느껴가는데 그제서야 짓궂고 표독스런 표정을 지으며 엉덩이를 흔들흔들 뒤로 땡기며 운이 없는 어느 개새끼를 향해 쏘아질 준비를 하는 녹슨 화살→

초자아(super-ego), 죄책감, 당위의무, 시선, 정체성화(identification)는 매번 철사와도 같이 내 몸을 관통한다. 그것들은 합리성과 정당한 권위, 효율성, 명령체계를 표방한다. 그것들의 통사구조는 이렇다. "왜 너는 자유롭게 X하지 않니? (Why don't you feel free to X?)" 이 말은 끔찍한 부조리이지만 너무나도 자연스럽게 통용된다. 내가 당하기도 하지만 내가 남에게 쓰기도 한다. 이 철사가 몸을 비집고 들어가는 것을 막을 수 없다. 이 철사는 내 몸에 꽂혀서 가끔 나를 편리하게 교정해주기도 내 몸을 제 멋대로 움직이기도 한다. 그리고 이 철사는 완벽하게 관리되지 않기 때문에 가끔 탈을 일으킨다. 그것이 불안이다.

"왜 움직이지 않니? 내가 볼 때 넌 멀쩡해보여." 어긋난 철사가 신경의 예민한 곳을 짓누르고 있을 때 불안하다. 불안을 벗어나기 위한 다양한 방법이 있다. 철사를 다시 다른 곳에 꽂기, 철사를 판판하게 펴서 입어버리기, 철사 빼버리기. 하지만 그 과정을 누구도 도와주지 않는다. 철사는 공장에서 무수한 수가 만들어지지만 나에게 파고든 철사는 오로지 나 혼자 책임져야 한다. 그래서 이 싸움은 부조리하다. 부조리하니까 천천히 해도 된다. 불안은 부정합이다. 무언가 삐그덕거리고 마찰음이 생겨나고 무의미하게 공회전한다. 불안의 부정적 감정은 이러한 상태를 직시할 때, 마침내 나의 〈꼬라지〉를 볼 때 생겨난다. 그것은 당연히 그 자체로 심리적 에너지이다. 그것은 나를 옴짝달싹 못하게 만드는 중력일 수 있고, 아무것도 속해있지 않은 나의 존재론적 본질을 대면하는 사건일 수 있다. 그리고 더욱 기존의 생활의 관성으로 파고들게 만드는 강박관념을 일으킬 수 있다. 우리는 어떻게 해야 하는가? 시도때도 없이 몸을 찔러오는 전대미문의 이 철사들, 그리고 이 철사를 찍어내는 공장에 어떻게 저항해야 하는가? 사실 그 저항의 방법론을 다루는 게 내 심장을 진정으로 뛰게 만든다. 하지만 그를 위해서는 지금의 고통의 충실해야 한다. 자, 나는 이런 글을 썼다. 하지만 이런 글이 되고자 의도한 적은 없다. 이 글은 자연히 그렇게 〈응결〉했을 뿐이다.

# [부록 : 용어사전]

## 〈몸뚱이〉

이 모든 것은 〈몸뚱이〉에 대한 이야기이다. 〈몸뚱이〉는 단지 생물학적이기만 한 몸이 아니다. 〈몸뚱이〉는 생물학적인 동시에 인문학적인 몸이다. 그러므로 그것은 사람의 정신을 포함한다. 섹스하는 〈몸뚱이〉가 있고, 불안한 〈몸뚱이〉가 있다. 역동적인 〈몸뚱이〉가 있고, 우울하게 퍼져있는 〈몸뚱이〉가 있다. 이 모든 〈몸뚱이〉가 다 같아보인다면 그것은 〈몸뚱이〉들이 가진 〈꼬라지〉의 다양성을 간과하는 것이다. 〈몸뚱이〉는 몸과 정신을 구별하지 않는다. 그것에는 경계가 없다. 경계라고 보였던 것 역시 잘 들여다보면 통하는 구석이 있다.

## 〈꼬라지〉

〈몸뚱이〉는 말과 시스템으로써 완벽하게 분류될 수 있는가? 그리하며 모든 인간은 정확하게 어떤 분류체계 중 전형적이고 '알만한 것'으로 환원될 수 있는가? 그렇지 않다. 〈몸뚱이〉는 무한한 우발성과 다양성, 그리고 자율적인 창조의 산물이다. 더구나 그 형태가 고정되지 않고 계속해서 환경과 자율적인 〈흐름〉과 〈응결〉에 의해 변해간다. 이러한 〈몸뚱이〉의 형태를 설명하려 한다면, 단순히 그것에 성질을 부여하고 환원하는 해석의 태도는 적합하지 않다. 그것을 지양하기 위해 만든 개념이 바로 〈꼬라지〉이다. 〈꼬라지〉는 그것을 멀찍이 떨어져서 보아서는 안된다고 말한다. 〈꼬라지〉는 자신의 〈꼬라지〉를 "설명"하고 "해설"하는 것을 거부한다.

자신과 함께 말려들어 역동하는 〈꼬라지〉의 일부가 되든, 아니면 자신의 있는 그대로를 존중하며 침묵할 것을 요구한다.

## 〈흐름〉

〈흐름〉이란 〈몸뚱이〉를 구성하는 가장 본질적인 생명 에너지이자, 살덩어리이자, 피(　)이자, 찰흙이다. 그리고 그것은 언제나 흐르려고 한다. 정해진 경로로 흐르든, 가로막힌 벽이 없는 새로운 어딘가로 흐르든, 흐름은 흐른다. 〈압출〉, 〈응결〉과 같은 움직임은 〈흐름〉이 보여주는 것이다. 텀벙거림, 고여있음, 얼어붙음 등, 당신은 당신의 〈흐름〉이 가진 운동에 독자적인 이름을 붙일 권리가 있다. 바로 그러한 실천이 당신만의 〈꼬라지〉를 구성할 것이다. 하여튼 우리는 삶의 다양한 기쁨과 아픔들에서 〈흐름〉의 존재를 간접적으로 느낄 수 있다. 말을 하는 것은 〈흐름〉이 입과 언어라는 〈굳은것〉의 형식을 빌린 결과이다. 그 알멩이는 단연 〈흐름〉이라고 할 수 있다. 섹스를 하는 것은 〈흐름〉이 몸과 성기, 그리고 분비물이라는 〈굳은것〉의 형식을 빌린 것이다. 섹스를 가능케 하는 성욕, 에너지, 사랑은 섹스라는 형식을 가능케하는 원동력이다. 우리는 〈흐름〉의 존재를 그러한 지점에서 간접적으로 사유할 수 있다. 엄밀히 말해서, 〈흐름〉만이 있는 〈몸뚱이〉는 가능하다. 하지만 〈굳은것〉만이 있는 〈몸뚱이〉는 불가능하다. 〈흐름〉이야말로 일차적이다.

## 〈굳은것〉

〈흐름〉은 그 자체로 운동이지만, 〈흐름〉이 용이하게 이뤄지기 위해서는 〈굳은것〉이 있어야 한다. 〈굳은것〉은 〈흐름〉이 구체적인 〈꼬라지〉를 가지게 해 주는 형식이라고 할 수 있다. 가령, 우리의 몸의 전체, 기관, 조직, 세포 등의 형식은 〈굳은

것〉이다. 이러한 〈굳은것〉에 생명이 깃들 때 우리는 〈몸뚱이〉로서 존재한다. 여기서 생명이 〈흐름〉이라고 말할 수 있다. 이러한 예시를 통해 나는 〈흐름〉과 〈굳은것〉을 사유하는 법을 제시할 뿐, 〈흐름〉과 〈굳은것〉의 구별이 정확히 어떠하다고 정해놓지 않는다. 그것은 〈꼬라지〉의 사유방식에 부합하지 않다. 〈굳은것〉은 〈흐름〉을 가두고, 유도하고, 자신들끼리 접합하고 연결한다. 그 결과 매번 새로운 〈꼬라지〉가 만들어진다.

### 〈압출〉

〈흐름〉은 자신이 무엇에 처해있건 뚫려있는 곳을 향해 흐른다. 〈흐름〉의 입장에서 굳은것은 때로는 좋은 은신처이지만 때로는 억압자이다. 〈흐름〉은 〈굳은것〉을 통해 압력을 얻고, 그것을 원동력으로 〈굳은것〉의 약한 부분을 뚫어버리고, 새로운 〈굳은것〉, 즉 〈부착〉을 요구한다. 바로 이러한 과정이 〈압출〉이다. 가령, 일대 일 경기를 하는 운동선수는 자신이 구사하는 패턴 및 기술이 상대에 의해 전부 읽혔을 때 '상대 선수'라는 〈굳은것〉이 자신의 〈흐름〉을 가로막았음을 느낀다. 그 결과 운동선수는 기존의 패턴(〈굳은것〉)을 파괴(〈압출〉)하고 새로운 전대미문의 기술을 창조(〈부착〉 혹은 〈응결〉)한다. 〈압출〉을 통해 기존의 〈꼬라지〉를 탈피하지 않았으면 불가능한 승리였다. 이처럼 〈압출〉의 단절적인 파괴력은 창조의 원동력이다.

### 〈부착〉

모든 것은 그것을 둘러싼 환경에 처해있다. 〈흐름〉은 〈굳은것〉에 처해있고, 인간은 사회에 처해있으며, 사회는 자연에 처해있다. 그것은 각각의 주체들이 자신의 환경으로부터 일종의

〈굳은것〉을 제공받는다는 것을 의미한다. 정글이라는 환경에 처해있는 인간은 풍부한 목재를 통해 자신의 문명의 형식을 꾸려나갈 것이다. 여기서 인간은 〈흐름〉이며, 정글의 풍부한 나무는 그 〈흐름〉을 감싸는 〈굳은것〉이고, 그 결과 탄생한 정글의 문명은 〈몸뚱이〉다. 인간의 손기술은 주변의 자원이 무엇이든 그것을 가공하여 유용한 것으로 만들 수 있을 것이다. 하지만 처해있는 곳이 정글이라면 나무를 재료로서 취할 수 밖에 없다. 〈부착〉은 이러한 불가피함과 환경이 그 안의 존재에게 가할 수 있는 막대한 힘을 보이기 위한 개념이다.

〈응결〉

하지만 그러한 〈부착〉 역시도 한계가 있다. 어떤 〈흐름〉을 완벽하게 가둘 수 있는 부착물은 존재하지 않는다. 왜냐하면 〈흐름〉에게는 어떤 형태로 프로그래밍 되어 있지 않으며, 매번 상황에 따라 자유롭게 흐르려 하기 때문이다. 가령, 정글이라는 환경이 인간에게 나무를 제공(〈부착〉)했다 한들, 그 나무가 가공되어 인간의 신체와 노동에 걸맞게 조정되는 과정이 필요하다. 이 과정이 〈응결〉이라고 할 수 있다. 어떤 의자가 인간을 위해 만들어져 제공되었다고 하더라도, 그 의자와 몸을 맞추고 익숙해지는 과정이 필요하다. 이 과정이 바로 〈응결〉이다. 그 과정에서 〈흐름〉의 일부는 〈굳은것〉으로 변모한다. 파이프를 용접하기 위해 파이프 사이에 철사를 대고 열을 가해 철사를 녹인다. 그리고 철사가 굳어가며 파이프와 파이프를 유기적으로 연결해준다. 〈응결〉은 이와 같은 과정이다. 더구나 〈응결〉은 한 개인의 몸뚱이 안에서만 성립하지 않는다. 사람과 사람간의 관계를 조율하는 능력은 결정적으로 어떻게 〈응결〉되느냐에 달려있다.

# [부록 : 네 개의 도식]

## 1. 압출과 응결의 도식 기본형

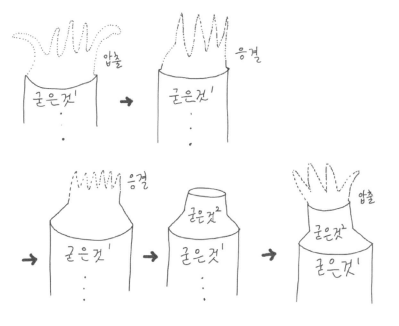

**0.** 〈흐름〉은 〈몸뚱이〉다. 〈몸뚱이〉는 〈흐름〉이다. 〈굳은것〉은 〈몸뚱이〉가 굳어 변한 것이다. 하지만 〈굳은것〉은 〈몸뚱이〉를 마냥 흐르게 두지 않는다.

**1.** 〈흐름〉은 시간에 따라 굳는다.

**2.** 평면인 부분은 〈흐름〉이다.

**3.** 입체적인 부분은 〈굳은것〉이며, 〈흐름〉을 가둔다.

**4.** 〈흐름〉은 압력을 가지고 빠져나가려 하며, 모든 방향이 막힐 경우 〈굳은것〉(입체적인것)의 가장 약한 부분을 뚫음으로써 통로를 개척한다.

**5.** 통로를 개척하는 순간이 바로 〈압출〉이다.

**6.** 〈압출〉할 때 우리는 주체적이다.

박정우 ― 흐름과 굳은 것

## 2. [불안의 발생학]에서의 압출과 응결의 도식

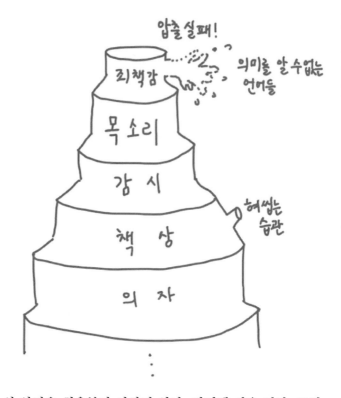

〈압출〉의 압력은 처음부터 강하지 않다. 반면에 양은 많다. 그렇기 때문에 처음에는 〈흐름〉의 큰 줄기를 대강 붙잡을 수 있는 낮은 압력의 〈굳은것〉이 응결된다. 자율적으로 발생할 경우 〈응결〉, 사회 혹은 타자에 의해서 부여된다면 〈부착〉된다. 가령 우리가 누군가의 비판을 직면하고, 그것을 반박하여 극복한다면 우선 〈부착〉이 이뤄지고 그 후에 〈압출〉된 것이다. 순수한 〈흐름〉만이 존재하는 상황을 상상하라. 그 상황에서 최초로 〈굳은것〉은 어떤 지점에서 필연적으로 압력의 한계를 지닌다. 그래서 처음의 〈굳은것〉보다 더 작고 구체적이고 좁은 〈굳은것〉이 새롭게 〈응결〉(혹은 〈부착〉)된다. 그만큼 압력은 더 강해진다. 압력은 감정의 압력이기도 하다. 그 과정에서 실린더 혹은 파이프 모양의 〈굳은것〉은 이전의 더 넓고 큰 〈굳은것〉의 위쪽 말단에서 새롭게 〈응결〉한다. 그것은 사방으로 다양한 모양굵기 길이 너비를 가지고 뻗어나간다. 아름답게 단계를 거쳐 전형적인 나무와 같은 모양을 만드는 경우는 오히려 드물다. 나의 [불안의 발생학]의 사례는 '파열'이 일어난 경우이다. 이 경우 〈굳은것〉은 외부(엄마)로부터 〈부착〉됐다. 게다가 〈흐름〉의 압력과 〈굳은것〉의 압력이 서로 맞지 않았다. 〈굳은것〉의 강도가 〈흐름〉의 압력을 압도했다. 흐름은 그 돌파구를 위쪽의 〈굳은것〉에서 찾기보다, 지나쳤던 〈굳은것〉들 중에서가장 취약한 부분을 찾았다. 그것은 '입'이라는 〈굳은것〉이었다. 구멍이 뚫린 입에 〈흐름〉이 유출되기 시작하고, 그 파열된 부위를 중심으

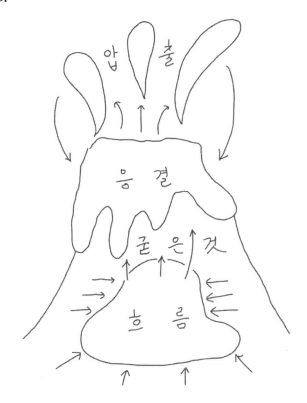

로 새로운 〈굳은것〉이 〈응결〉되기 시작한다. 파열이 도무지 예상할 수 없었던 만큼, 새롭게 이뤄지는 〈응결〉의 구체적인 형태역시 도무지 예상할 수 없었다. 새로이 생겨난 〈굳은것〉은 혀 씹는 습관이다.

3.

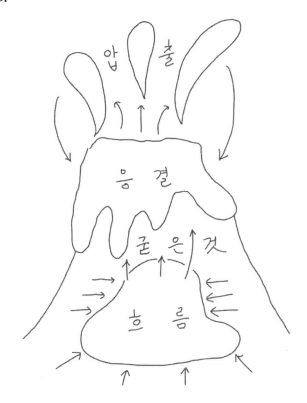

〈압출〉과 응결은 마치 분출하는 화산과 같다. 화산은 그 안에 마그마라는 〈흐름〉을 담고 있으며, 그 〈흐름〉이 〈흐름〉인 한 분출된다. 그림에서는 나와있지 않지만 우리는 그것의 분출구를 상상해야 한다. 마그마의 높은 열과 물리량은 매번 분출구의 구멍을 새롭게 뚫으며 변형시킨다. 그리고 마그마가 하늘로 치솟아 화산과 마그마가 순수하게 분리된 순간만이 엄밀한 압출의 순간이다. 그 마그마는 다시 분출구 속으로, 분출구 주변으로 떨어지며 주변에 덕지덕지 묻는다. 마그마가 굳어가며 분출구의 모양은 새롭게 갱신되고, 화산의 모양은 영영 변해버리게된다. 뚫고 다시 붙여 굳히는, 그렇게 영영 변해가는 변증법이내가 이 도식을 통해 보이고 싶은 것이다.

박정우 — 흐름과 굳은 것

## 4. 지하철도식

〈압출〉과 〈응결〉로 사람의 마음을 보게 된다면, 당신은 그걸로 사람들의 무리 역시 볼 수 있다. 그리고 지하철에서 터져나오는 통근자의 인파를 〈흐름〉으로 여기게 된다. 그것은 좋다. 그림에서 판단을 유도하듯, 그것은 당연하게 보인다. 하지만 차량 = 〈굳은것〉, 통근자들 = 〈흐름〉이라는 구도는 최종적인가? 이 차량은 무엇에 대하여 〈흐름〉인가? 바로 지하철 노선도에 대해 〈흐름〉이다. 지하철 노선도는 다시 서울을 중심으로 하는 산업들, 건물들, 부동산들에 대하여 〈흐름〉이다. 이 산업들, 건물들, 부동산들은 다시 사람들의 집합적 욕망에 대하여 〈흐름〉이다. 이들은 하루의 통근마다, 하루의 운행마다, 하루의 일과마다 새롭게 다른 구성요소를 〈압출〉한다. 게다가 이러한 〈응결〉과 〈압출〉의 구도에서 통근자들은 언제까지고 가장 소외된 존재들인 것만도 아니다. 왜냐하면 이들의 자그마한 입들 속에서, 다름아닌 욕망이 〈압출〉되며, 그것이 〈응결〉된 결과가 바로 다름아닌, 이 모든 것을 지탱하는 집합적 욕망이기 때문이다. 마치 '가위 바위 보'처럼, 모든 것들이 서로의 꼬리를 물고 영원히 같은 순환을 할 것처럼 보이는가? 그 역시 사실이 아니다. 하루하루의 통근을 통해, 〈압출〉과 〈응결〉의 구도는 영영 변해가며, 정당하게 물어볼 만한 것은 그러한 변화의 여부가 아니라 변화의 질감, 속도, 〈꼬라지〉이다. 나의 도식, 나의 진부하고 서투른 개념들은 바로 그것을 그리기 위한 도구이다.

2024. 05. 25
눈물나게 예쁜 토요일 오후 2시
아무도 없이 적막한 학교

---

정우의 오른쪽 창문을 통해 북악산이 보인다. 하지만 대화의 분위기는 고조되어서 누구도 그것을 신경쓰지 못한다. 이야기를 하다가 지치면 배가 빈 기분이 든다. 정우는 뭔가 새로운 말을 내어놓기 위해 배에 힘을 불어넣었다. 힘은 자연스럽게 차기도, 의도적으로 채우기도 한다. 그 힘이 다시 어느 한 단어를 붙잡았다. 저항.

**정우**　그럼 다들 어떻게 세계에 저항하고 싶으신가요? 만약 저항하고 싶으시다면.

**준호**　저는 딱히 저항하는 사람은 아니긴 합니다. 수능 하는 것도 아니고 그냥 관심이 없다는 것도 좀 이상한데 뭐라 해야 할지. 먼저 이야기해 주세요.

**정우**　저의 적은 무엇보다도 초자아예요.

　3초간의 정적. 정우는 다시 배에 힘을 준다.

**정우**　제가 저항하고 싶은 대상은 무엇보다도, 살아가는 과정에서 우리 등에 꽂힌 초자아예요. 초자아의 물성은 단단하고, 날카롭고, 두껍게 뿌리박은 철근이에요. 반면에 욕망은 뜨거운 유체와도 같아요. 뜨거운 욕망은 초자아를 가열하고, 물렁하게 하고, 변형시켜서 초자아의 폭력성과 무자비함을 우리의 개성으로 바꿔줘요. 그것을 실현하고 싶어요. 하지만 그건 이번에 다룰 이야기는 아닌 것 같아요. 언젠가 좋은 때가 있겠죠.

# 젖은 자들의 미소

개구리다 후기

2024. 08. 28.
여전히 여름, 수요일 오후 4시.
에어컨이 있는 건물 로비 책상.

---

6명의 작가들 중 5명의 작가가 모였다.

서로 처음 만난 작가들도 있고, 개중에는 지겹도록 봤던 얼굴들도 있다.

**준호**    이제 뭐 사실 피드백 단계는 지났잖아요. 그냥 감상 이야기하면 되죠?

**시원**    네 그죠. 이제 다들 탈고하셨으니까.

**준호**    쭉 읽어보니 저희가 다행히 서로 제각각 다른 사람들이라는 생각이 들더라구요. 다 글 색깔이 달라서. 다채롭게 잘 읽혔던 것 같아요.

**정우**    그니까요. 이게 느슨하게 결합되어있어서 좋았던 것 같습니다. 불안이라는 주제가 하나 주어져 있긴 하지만, '무조건 그 주제를 향해서 완결된 목표로 불안에 골인 해야 된다', 이런 느낌으로 글이 전개되지는 않았어요, 다들. 그래서 좋았어요. 그런 느슨함, 그런 자유로움, 약간 부유하는 물성, 약간 그런 게 느껴져서.

**시원**    아, 저는 우연히 겹치는 화두들이 재밌었어요. 이를테면 준호님 글의 '누칼협'은 정우님 글에 나오는 '이중구속'과 같은 맥락에서 나오는 이야기들인거 같아요. 표현이 다른거지.

**정우**    맞아 맞아.

**시원** 그래서 그런 식으로 연결되는 지점도 독자들이 발견해주면 좋겠다. 생각했어요. 근데 저는 편집자니까, 그래서 닳도록 읽었으니까 이런 연결점들을 발견한거겠죠?

**준호** 나도 느꼈어. 글 쓸 때 가장 자극받았던 게 결국 우리가 대화한 내용들이고, 아마 그래서 많이 스며들지 않을까 싶더라고. 나도 대화록 찾아보니까 '내가 쓴 글이 여기 다 있네?' 라는 생각이 들었어. 근데 우리 전부 같이 대화를 한 걸 기반으로 썼는데 색깔이 진짜 다 다른 게 신기해. 아닌가? 아무도 구속하지 않았으니까 당연히 다른건가?

**정우** 준호님은 약간 키치한 느낌이었던 것 같아요.

**준호** 저는 항상 그런 거 좋아합니다. … 뭐랄까, 정우님 글은 논문인데 소설같고, 담혜 글은 소설인데 논문같은 느낌이 있었던 것 같아요.

**담혜** 그래요?

**준호** 응, 그런 느낌 있지. 그리고 … 채시원씨는 이미 옛날부터 많이 봐왔던 거라서.

**시원** 근데 저는 좀 더 수정해서 넣을 것 같긴 해요. 기획 편집 하느라 너무 정신없어서 이 글들은 새로 쓴 게 아니거든요.

**정우** 그럼 히스테라 연작은 안 들어가나요? 진짜 처절한. 뭔가 날것의 그런 시죠, 그런 게 느껴져서 좋았는데.

**시원** 들어가긴 해요. 대충 좀 손 봐서.

**준호**  민수님 글도 뒤늦게 읽어봤었는데 재밌게 잘 읽었습니다. 약간 남의 일기장 보는 듯한 느낌으로.

**정우**  진짜. 이것도 약간 독립 출판의 물성을 잘 살린 느낌이 들었어요.

**시원**  뭔가 모인 글들 중에 '설명을 하고 있는 글'이 있고, '인상을 나열한 글'이 있는 것 같아요. 준호님이랑 정우님 글이 뭔가 설명하고 있다면, 나머지 글들은 그냥 고유함으로 포착한 인상을 그려내고 있는거죠. 그런데 이게 전부 같은 흐름 안에 있다 보니까, 서로 해소해 주는 느낌이 있기도 한 것 같아요.

**담혜**  아, 맞아요.

**시원**  근데 이게 좀 제가 걱정인 건, 저는 이걸 주구장창 읽으니까 뿅뿅 연결되는 게 있는데 독자님들은 이거 한 번 읽고 말 거잖아요. 사실 이 고리를 발견하는 게 진짜 재미인데. 그게 어떻게 가닿을지 …

**준호**  내가 봤을 때 다 보면 이해가 될텐데, 다 읽을 사람이 몇 명이나 있을까 싶긴 해. 친한 친구 책 사서 친한 친구만 읽고 안 읽을 수도 있기 때문에. 그냥 어쩔 수 없지만, 그건 우리 그건 우리 손을 벗어난 거니까.

**시원**  네. 무튼. 오늘 대화는 책의 마지막 챕터에 넣을 생각이에요, 후기처럼. 그니까 오늘은, 마무리하는 느낌으로, 아쉽지 않게 한 말씀 씩 해주시면 됩니다.

**정우**  그럼 저는 전적으로 할 말 있습니다. 중요한 건 전염이라고 생각해요. 어떤 삶의 방식을 전염시키는 것. 저희가 완벽함을 표방한 게 아니라, 오히려 균열되고 갈라지고 엉성하고 늘어지고, 나쁘게 말하면 짜치기도 하고. 근데 그 '짜친다'는 어떤 그런 안 좋은 감정이 오히려 이걸 읽는 분들한테는 동기부여가 될 수도 있어요. "나도 할 수 있겠구나, 나 비집고 들어가고 싶다. 나 이 사람들이랑 얘기하고 싶다." 하고. 저는 그런 마음을 전적으로 옹호하고 싶어요. 전적으로 지지하고 싶고. 그래서 우리가 만약에 짜친다면 그건 그대로 좋을 수도 있습니다. … 안 좋을 수도 있죠.

**시원**　맞는 말씀이세요. 아무튼 이 광장에서 어떻게든 서로 우연히 만나진다는 건 좋으니까.

**담혜**　저는 요새 문화 예술에 대해서 많이 생각을 하게 되는데요. 이게 돈도 돼야 되는 게 맞지만, 문화예술에 종사하시는 분들이 생각 하는 것들은 대체로 '돈을 넘어서는 어떤 가치를 창출할 수 있지 않을까'라는 생각을 품고 항상 행동을 하시는 것 같아요.
　근데 이게 우리가 하고 있는 게 지금 동인문학인데 동인문학이 예전에 뭔가 왜 이렇게 커졌었냐, 이렇게 찾아보니까, 일제강점기 시절에 약간 한국 출판을 억압했어서, 그거에 대한 어떤 저항으로 이런 독립 문학이 그때 한창 활성화됐다고 하더라고요.
　그렇게 친다면, '우리가 지금 저항하고 있는 대상은 누구인가?' 라고 생각을 해봤을 때, 그게 제 생각에는 '불안' 같은 거에요. 청년들을 불안하게 하는 요소들에 저항하고자 우리끼리 스스로 뭔가 이런 대화를 나누고, 그 대화를 통해서 글을 적고, 그걸 통해서 출판까지 이어졌다는 것 자체가 뭔가 의미가 있지 않나 싶어요.

**준호**　좋은 말이라고 생각해. 근데 이게 아무래도 출판 시장도 시장인지라 지금 제일 잘 팔리는 건 '불안'이거든. 개발서 이런 거 다 불안이잖아. 소설도 불안에 관련된 게 많이 나오고. 근데 약간 너 말대로 우리는 독립 출판이니까. '우리는 불안을 팔지 않는다?' 물론 파는 거긴 한데, 내 말은 그러니까, 불안을 판다기보다는 '불안 그 자체를 우리 마음대로 해보겠다'는 느낌인거지. 그니까 저항하는 것일 수도 있는.

**준호**  우리만이 할 수 있는 일인 거지. 그러니까 '불안의 해결법'을 파는 게 아니라, '우리는 불안해요'를 말하고 있는.

**시원**  저는 얘기 들으면서 또 생각이 든 게, 우리가 우선 부를 말이 없어서 '동인'을 표방하고있긴 하지만, 동인은 아닌 것 같아요. 왜냐하면 우리는 각각 다르기 때문에. 그러니까 우리가 동종교배를 더 이상 해서는 안 될 것 같고, 빨리 새로운 분들을 만나고, 새로운 만남을 계속해 나가야 될 것 같다는 생각이 듭니다. 이게 이게 동인지가 그게 아니라 차라리 이인지가 돼야 할 것 같아. 광장이 간절했던 그 시대라면 같은 사람들끼리 연결돼야 할 수도 있었겠는데, 지금 이 시대는 어떻게 보면 좀 다른 사람들끼리 만나야 필요가 있죠. 공감의 지평을 넓히려면.

**준호**  민수님은 어떠셨어요?

**시원**  민수님이 저번주까지 공연을 하셨어서, 엄청 정신없으셨을건데.

**민수**  저도 대화는 되게 좋아하는데, 참여를 못해서 그게 제일 아쉽고요. 근데 개인적으로 되게 재밌었던 게, 올라오는 대화록이나 이런 거를 보다 보면 전 다 누군지 모르니까 그 사람의 말투나 선택한 단어들이나 이런 걸로 사람을 먼저 알아갔단 말이에요.
그리고 나서 이제 올라온 글들 봤을 때 되게 재미있더라고요. 성격들이 하나하나 보이는 부분이, 대화록을 먼저 봤기 때문에 그런 것들이 글에서 보였던 것 같아서 좀 재미있는 부분이었던 것 같아요.

**시원**  그런 성격이 읽히는군요?

**민수**  네. 아, 그리고 저는 어차피 여기에 많이 참여 못하게 되다 보니까, 그래서 오히려 저만의 글이 나올 수 있게 됐던 것 같아요.

**정우**    그것도 좋은 포인트인 것 같아요.

**준호**    그렇지만 대화를 많이 못한 건 되게 아쉽다.

**시원**    다음에 만약에 부담이 안되시면 참여 안 하시더라도 놀러 오세요

**민수**    좋아요. 저는 안그래도 책을 쓰는 게, 꼭 하고 싶은 일 중에 하나였어서 좀 계획을 하고 있었는데, 이렇게 참여해서 좋았어요.

**시원**    만약에 혼자 출판을 하고 싶으셨다면 어떤 걸 하고 싶으셨어요?

**민수**    제가 시를 모아놓은 게 있어서, 제가 쓴 에세이를 일기장 형식이나, 뭔가 되게 짧은 호흡이 짧은 글들을 이어붙이는 식으로 좀 쓰고 싶었고, 또 제가 영화를 되게 좋아하는데 그래서 영화에 관련된 책을 좀 쓰고 싶었던 마음이 있어요.

**준호**    담혜도 영화 되게 좋아하는데, 영화토크 하셨으면 좋았겠다.

**담혜**    인생영화가 어떻게 되세요?

**민수**    아, 너무 많은데..

**담혜**    하나만 고르셔야 해요.

**준호**    큰일났다.. 이거 (대화) 무조건 한시간 이상이다.

**시원**    저는 라스폰트리에요. 〈안티크라이스트〉.

**담혜**   저는 〈이터널 선샤인〉이요.

**민수**   음, 저는 우선 찰리와 초콜릿 공장은 정말 많이 봤고, 애니메이션 쪽은 코코? 요즘에는 비포 시리즈가 다시 재개봉을 하고 있어서 그걸 다시 봤는데 재미있더라고요. 한국 영화는 기생충?

**준호**   아, 박찬욱보다는 봉준호파?

**민수**   박찬욱 감독 영화도 몇몇은 좋은데, 봉준호 감독 영화는 다 좋아요.

**담혜**   반박은 하지 않겠습니다.

**민수**   (웃음) 네.

**시원**   아, 책 얘기로 돌아와서요. 우리가 뭔가 연락처를 남겨놓을 수 있잖아요. 그러니까 독자와 뭔가 소통을 원한다면. 인스타라든지 메일 주소라든지. 어떠세요?

**정우**   또 어떻게든 이번 여름을 기억해야 되는데. 어떤 새로운 연결도…

**시원**   그럼 넣죠.


이 활자가 광장이 되길 바라며,
불안의 장마에 젖어 미소지으며,
개구리다 1호 마침.

# 만난 사람들

**신준호 | 작가**

@water_deer07

**조민수 | 객원작가**

@_jogumi / @minsugirok

**이담혜 | 작가**

@idamhye

**채시원 | 기획, 편집, 작가**

@co_ol23

**채승병 | 객원작가**

**박정우 | 서기, 객원작가**

@Jeoungu8477

'개구리다'의 다음 호 주제는 '잠적'입니다.
QR코드에 접속하시면 객원 신청 방법에 대한
자세한 내용을 확인하실 수 있습니다.


'개구리다'는 우연히 만나게 될 모든 독자님들, 글을 쓰는 작가님들,
그리고 원래는 글을 쓰지 않지만 기꺼이 글쓰기를 시도해주실 작가님들,
그리고 함께 이야기를 나눌 동료들, 또 모든 종류의 협업을 제안해주실
창작자들을 기다립니다.

**불안 — 젖은 자들의 미소**

1판 1쇄 발행 | 2024년 10월 21일

발행 | 개구리다
출판등록 | 2024년 9월 24일 제 2024-000031호
인스타그램 | @kkrt_frog

ISBN 979-11-989519-1-5(03800)
값 13,000원